文芸社セレクション

地中海に跳ぶ

Messior

JN068430

文芸社

前書き

ちょうど一年前の二〇二〇年、我が日本国内においても患者が確認された、コロナウイルス肺炎って、一体何なのでしょうか？

コロナウイルスによって引き起こされる肺炎でしょうか？

それはもちろん、正解です。

でも、あまりに突然に思われる、その世界への出現の仕方と、病気の劇的な世界への敷衍の在り方から、わたしは、そのウイルスの起源が、意外にも、普遍的な人間の「こころ」にあったらどうだろうか、と仮定し、その是非を、むしろ「非化学的」に、及び形而上学的に検証してみることにしました。

わたしは以前から、病気や、戦争など、如実な化学的エビデンスによって引き起こされたと伝聞される事象が、その真実が解明された暁には、万人を拍子抜けさせるほど、呆気なく、人間個人の心性や情動といった、いわば形而上学的背景に牽引される形で出現及び、惹起させられている事実を知っていました。

特に、苦労の末産んだ娘を育てる過程においては、それこそ目を皿のようにして、主に経済振興や、教育の流布のため、というイデオロギーに名を借りて、その出処進退を詳らかにできない「善意」を撒き散らし、人間の個に有形無形の害を及ぼす輩を心中密かに暴き出してきた次第であります。

その結果、確信したある事実があります。

このウイルス性肺炎は、個人のレベルで引き起こされる心性（例えば、その矛先が曖昧な悪意や射幸心など）と、決して無関係のものではあり得ないと。

その切実な洞察が結実した結果のこの小説を、是非楽しんでお読みください。

地中海に跳ぶ

「地中海は、あったかかったのだろうか？　それとも、冷たかったのだろうか？」

能瀬瑠璃子は、起き抜けに、専ら自分のために入れた、白湯の温度について、それから三時間経ってから、思いを遊ばせ始めていた。

その昔、多くの商人が、その広さと、地の利を航海に利用した、とか言われる地中海は、その温度が、万人をして、その足をひょい、と水に入れた瞬間に、身も引き締まるほど、きりっとさせしめるものだったのか。それとも、入水した途端に、彼らの心と身体の緊張を、たちまちだらん、と解かせしめるものだったのか—今朝の、主にその美容効果を鑑みて、自ら口にした白湯は、前者に近く、その点が、より多くのリラックスが必要な朝に口にした飲み物の作り手としては、朝っぱらから、大きな失敗を犯した、と言わねばなるまいが—瑠璃子は、そう、その日の出来事を振り返っていた。

しかし、常に、その大海原を、世界中の航海者に明け渡していなければならない地中海の水は、船に乗って、これから進水しようという航海者が、その身体に飛んだ水が、耐えがたいほど冷たいものであるか、彼らの英気を養わせるにふさわしい、適度に温かい温度のものであるか、と感じさせられるか、が、まさにこれから着手させられる、商売の成果の多寡を、決定してしまう、というその一点についても、非常に重要なものだったのだ、と言わざるを得ない。

Ruriko's Androidが鳴る。

電話を取ってみると、遠方で暮らす三男（彼氏）からだった。彼は、アメリカで医者をしているが、開口一番、非常に丁寧に、瑠璃子の心身の健康を案じてくれたりする。

彼曰く「日本でも、コロナウイルス肺炎が広がり、外出禁止令が出されているが、くさくさ、気分が滅入ってはいませんか？」などと言う。

瑠璃子としては、こう彼に返さずにはいられない。

「わたしは元気ですよ。外出なんて、もともとあまり好きでもないし、人付き合いが悪くて、金回りも悪いわたしは、政府に家にいてもいい、と言われて、むしろ少しほっとしているくらいです」

「おまえー」と彼氏。「無理するなー」と続ける彼。男気を見せるなんて、息子の分際で、と、瑠璃子はむしろ言葉の辛辣さとは正反対に可愛らしく、彼に毒づく。

彼には、五十もの、違った人格があるらしく、電話で話していると、突如出現した、という何番目かの人格に乗り移られたまま、話を続けられることもあるくらいだ。

尤も、彼の人格が入れ替わるのは、彼が激しい怒りに駆られたときが殆どであり、それも、後から振り返ると、その人格変容は、より深く、瑠璃子を始めとする他者を傷つけないようにする配慮から生じたものであり、幾多の人格出現を、自制できない、という定義を持つ、多重人格とは、似て非なるものである、と瑠璃子はかねてから思っているのだが。

むしろ、深刻な人格分裂に苦しんでいるのは、自分の方であることを、瑠璃子は、只の一度も三男に打ち明けられないまま、密かに自負するに至っていた。

それはなぜか、と言えば、一通り、我と我が身を自省する限り、瑠璃子には、これぞ、我が生きる縁にしている、と言い切ることのできるような、一貫した人格がないのである。

従って、息をして、他人と交わる生活主体としての瑠璃子には、誰かに強く押し切られそうになると、何となくその、自分に押し切ろうとしてくる他者の主張が、正しいもののように思われてしまい、頑として抵抗する素振りも見せないまま、相手に従ってしまう、という特色があった。

でも、当然というべきか、その盲従は、確たる自我に導かれた行いではなく、後に限りない反省と、疲労を齎すことになるのを、瑠璃子は知っていた。

そして、コロナウイルス肺炎が齎す自粛生活は、もともと自己分析に造詣の深い瑠璃子に、さらなる自己への洞察を持つことを可能にさせ、瑠璃子は、自分の精神に冠されるべき病名が、かつて、彼女が他者への、非合理な関係妄想を抱きがちであることから診断された「統合失調症」ではなく、「多重人格」であることに、気付くに至っていた。

さらに瑠璃子本人にとっては、承認し難い事実であったのだが、「他人の意見にも、積極的に耳を傾ける」とか、「他人の小さな特徴にも、よく気付く」といった自らの性格は、「多重人格」の、陰性症状のようなものだったのだ。つまり、換言すれば、瑠璃子の、自ら美質とさえ感じていた、他人の言動に敏感な性質は、むしろ無節操にいくつもの人格を包含してしまう、自分の本質をカモフラージュこそする目的がためのものである、と気付いたとき、瑠璃子は絶望とともに、この貴重な気付きを、誰かと共有したい、という切望に支配され出していた。

「三男」との電話は、すぐ終わってしまった。自分の人格について、深い悩みを聞いてもらおうにも、医療従事者である彼は、コロナウイルス肺炎の広く流布する昨今、いつなんどきも、彼自身が深く疲弊していて、瑠璃子の、その願いは叶わなかった。

今朝起きてから、何度目にか感じる、深い絶望とともに、瑠璃子は、三男と同じアメリカの病院で医師をしている、これまた三男と同じ、孤児院育ちの生い立ちを持つ四男（彼氏）に、コンタクトを取った。

「Hello」

電話口から響く、彼の低い声に、ホッと心を寛がされてしまう瑠璃子。瑠璃子が一貫して感知している彼の美質は、他人（特に好きな女性）への、尽きない包容力だ。

いつ何時、どんな自分の悩みを打ち明けても、ニコニコとした表情で、訝しげに感じている様子もなく、自分を受け入れてくれるような包容力があるのが、末っ子四男の彼だった。

三男ともそうであるが、主にアメリカの孤児院で育った、四男との会話も、主として英語で為されている。

「How was your night?」

四男がそう聞く。日本語に直訳すると「あなたの夜は如何でしたか？」であり、瑠璃子の心身の健康を包括的に気遣っているようでありながら、その実、彼のやさしさは、どこか空回りしているように感じられた。

それはなぜかと言えば、瑠璃子が思うに、四男彼氏は、三男以上に、ひどい精神分裂症なのだからであった。

やること為すこと丁寧で、他人の小さな心の動きにも、滅法敏感な彼は、「自分がこうしたいこと」と「自分なら、こうすべきであろうということ」の狭間で、いつも引き裂かれていた。

彼は、どんな小さな行動―例えば、瑠璃子に国際電話をかけるために、所定のコールボタンを押す、という不可欠の行動であっても、瑠璃子の許可を求めてきた。まるで、小さな男の子が、母親の顔色を窺っているようで、瑠璃子は人妻（後述）である自分の立場も忘れて、彼が愛おしくてたまらなくなっていたのだった。

公人としての彼は、アラフィフの、冷静な外科医であるのに、私人としてはさっぱりで、例えば、電話口でも、瑠璃子とのちょっとした意見の相違が看過できないと、人目も憚らず（と、瑠璃子は、電話口からありありと想像するのだったが）、さめざめと泣くのだった。

「精神分裂型の依存症」というのが、瑠璃子が彼に下した、精神病名であった。

それを瑠璃子の口から告げられた日、そして、母の愛を知らずに育った彼が、弁の立つ瑠璃子から、自分の言動の「至らなさ」について罵声を張り上げられるたびに、途方に暮れた挙句、彼は決まってこう言うのだった。

「瑠璃子、君が全部決めてくれ！」

そして、瑠璃子は、四男にこう頼られるたびに、まさに瀕死の昆虫類に近い深刻度において、困ってしまうのだった。

なぜなら、人格を百以上に分裂させてまで、他人（特に殿方）に頼り切りたいのは、まさに瑠璃子の方なのだったから。

瑠璃子と、この愛人としての四男は、本当に双子のようによく似ていて、不自由な不倫が三か月続く頃には、立派な「腐れ縁」関係と化してしまっていた。

男から頼られ、疲れ果てた自分が、男を頼り、さらに自分が傷つけた咎で、その男から、再び依存され尽くす、という絶え間ない苦しみの中に、ここ一年の瑠璃子はいた。

それも、兎にも角にも、瑠璃子の好きな人格と、嫌いな人格が一緒で、その齟齬を他者から気付かされると、スーパーでカートを引いていようが、公園の滑り台を降りている途中だろうが、取り乱し、非「日常」行為に出てしまう、齢五歳の娘と、それをただ懐手で見ていることしか出来ない、齢五十四の、未だ幼稚園児のような夫との生活を熟しながらである。まさに、コロナウイルス肺炎での、自国の死者の多寡に汲々としていなければならない、各国の首相ほどに、瑠璃子の将来は暗澹たるものに見え、その心身は、深く疲弊していた。

四男、三男、と続いて、当然のことながら、瑠璃子には次男（彼氏）もいた。この男とも「不倫」で、彼は瑠璃子の自宅の五軒隣に住んでいた。

瑠璃子や、四男の人後に落ちず、この男も、ひどい分裂気質であった。

彼とは、瑠璃子の夫が、五寸の魂の虫ほどにも手伝いをせずに、庶務のすべてを瑠璃子に押し付けてきた、彼女らが住む町内会の仕事で知り合った。

夫の、自分の生業への、有形無形の不協力に悩む瑠璃子と、自ら仕事でうだつが上がらない、と告白してくる齢五十三の彼は、滅法気が合い、気が付くと、次男の彼が、瑠璃子の自宅に心うらはらな内容の電話を寄越してくる形で、実にプラトニックな不倫が成立していた。

それから一年前に、町内会の自分の当番が回ってきた彼が、人付き合いが苦手なために、ほうほうの体で瑠璃子の家に集金に訪れてきたときから、瑠璃子はうすうす気付いていたことであったが、なぜ、彼がかくも強固な分裂気質になったのか、という問いは、彼が徹底した、戦後の「建前だけ」平等教育にさらされ続けてからである、という答えが与えられてこそ然るべきなのである。

戦後の「建前だけ」平等教育の下では、嫌いな他人に、面と向かって「嫌い」と告げることなど御法度であり、表面だけでも、その嫌いな彼ないし彼女の「長所」なり「美質」を探すように努めなければ、たちまち学校のクラスで村八分にされてしまうのであるから。

彼においても、自分の赤裸々な本音を、半ば不本意にも押し殺してい続けたために、分裂した自我を抱えることになったのだろうことは、瑠璃子の想像に難くなかった。

このことを、孤児としてアメリカで育った、瑠璃子の三男、四男と比べてみると、日米の違いが浮き彫りになるだろう。

徹底した「法」社会で、おまけに父権的なアメリカ社会においては、他者に迎合しすぎ、自分の意見を言わないことは、むしろ本人の不徳と見做されることから、この点においては、一貫した、清明な自我が育つ土壌はアメリカの方が優位的に有している、と思う向きもあるかもしれない。

しかし、孤児としてアメリカで育った彼らが、瑠璃子に教えてくれたところによると、そんなアメリカ社会の「恩恵」に与れるのは、経済的、血統的に恵まれた、ごく一部の人間のみであり、その他の人間は、彼らが社会に垂れ流す「不平等」「不条理」という苦い水を飲まされているに過ぎないんだという。

しかし、むしろ日本は、その「母性的」に過ぎる社会の機構が、時として共同体における、不平等を通り越した、犯罪行為や、病的な職務放漫をも導き出し、そのことは、男女を問わず、個人の社会人としての能力に、暗い影響を与えずにはおかないだろうから、どちらが、国家として、人間を精神病に陥れるのか、という問いには、「どちらも、同程度に人間を病ませる」という答えが与えられて然るべきである。

そんな、「不条理」極まりない日本社会の矛盾を、主に家電話を通じて共有、共存していくことで育まれていた、瑠璃子と「次男」の不倫関係は、発覚から一年後に、むしろ半ばフェイド・アウトし、それから二か月後に、瑠璃子は三男彼氏と、ウェブ上で出逢ってしまったのであるが。

出逢ってから一週間の間、人妻の瑠璃子を、それと知りながら、自分のプロポーズに快諾させようと努め続けた三男の彼は、瑠璃子が感じた限り、瑠璃子の他の子供たちの中で一番、瑠璃子の長男（夫）に似ていた。

どういうところがよく似ているか、というと、自分の内に溢れる分裂気質を、他人とどうにか迎合していける「循環気質」へと変換、変成させる器量において、である。

その点、四男は、分裂気質から多重人格まで移行しそうな瑠璃子本人寄りの人間であり、非常に偶然であるが、三男と四男は、幼馴染かつ親友なのである。

このことは、瑠璃子の夫と瑠璃子は、むしろ同性同士なら、いまより上手く折り合っていた、「男色的」夫婦であるかもしれない、という結論さえ導く。

兎にも角にも、三男彼氏と、ウェブ上で出逢ったときの瑠璃子は、瑠璃子が生活において重要視している、生活の些末に一見思われる現象を悉く無視し、それのみならず、全く以て一方的に、それを忘却という宇宙の彼方に押しやろうとさえする夫である長男に、心底辟易していた。

例えば、瑠璃子が、家族の健康を案じ、丹精込めて作った筑前煮を、長男夫は、眉一つ動かさず、それを食べるのを峻拒する。「口に合いそうにない」と言いつつ。そんな場合、瑠璃子が心を痛めるのは、主に次の点においてである。

まず、「味が口に合わない」という発言は、百歩譲って許す。瑠璃子は思う「本当にそうなのだろうから」と。しかし、その際の態度が、全く以て許しがたい。だって、曲がりなりにも瑠璃子は、その献立を頭を悩ませて考え、自由に風に遊ばせていられた筈の髪を結わえて、神経を張り詰めさせて、調理したのである。その瑠璃子の労苦を無視したり、軽んじたりすることは、瑠璃子の存在そのものを、否定することに等しいではないか。

　すると、そんな瑠璃子の胸中を察してか、自分で好きに味付けしたソース・ウィンナーを口いっぱいに頬張った夫は、こう言うのである。「瑠璃子さん、理代は？」と。

　すなわち夫兼長男は、瑠璃子の家事負担に誠意を以て添えない良心の呵責を、娘の育児に従事する彼女を褒めることで、補填したい、と目論んでいるのだ、と瑠璃子はお見通しなのであった。そして、非常に瑠璃子にとって不運なことに、現在、齢五歳の娘・理代は、そんな二人の精神的攻防のからくりを見抜くだけの洞察に恵まれており、瑠璃子の精神の繊細さと、夫の、妻の、家の仕事に対するあくなき求道心の両方を、決して否定することも、過度に持ち上げることもなく、二人をやんわりといさめるのである。そして、結果的に、瑠璃子と夫の両者は、どちらがどちらを責めることもできずに、しかし決して自分の主張を変えさせる必要性をも感じないまま、砂を噛むような食事の時間を終えねばならないでいるのだ。

瑠璃子と、三十九歳年下の、理代との関係は、万事においてそのようで、理代は、「物事が上手くいくように目論んで」瑠璃子が理代の前に設えた事象のすべてを、軽々と無視してみせた。例えば、彼女が生後十か月の頃などには、二人でベビーカーに乗せた理代を連れて、自宅から徒歩十分のスーパーに買い物に行ったりしていたのだが、五分間もベビーカーに乗せられると、ぐずり出す理代の身を案じて、瑠璃子が、景色が理代の目に真新しい道を通らせようとすると、瞬時に、理代本人から駄目だしが入るのだ。

理代が言うことには、瑠璃子の意向に従うくらいなら、見慣れた、面白味に欠ける道を選んで、退屈する方がいい、ということになるのだろうが。理代の、この偏狭なまでの独立的思考は、万事に及び、例えば彼女は、「幼児のために、過度に口が汚れないように開発されたビスケット」とか「ママに使い勝手のいいスタイ・ホルダー」とかいう一連の商品の摂取、及び使用を、悉く拒否した。

結果的に、瑠璃子は育児に疲弊し尽くされ、「幼児が、保護者を相手にそんな権威的な態度を取るという話は、あまり現実的ではない」という理由から、夫及び、名立たる育児相談所のいくつかからも、真剣に取り合ってはもらえなかった。彼らは悉く、瑠璃子が育児不安、かつ負担のために、「話を盛っている」と思ったのだろうが、それらは、正真正銘、微塵も誇張の無い実話だったのだが。

しかし、赤の他人にそうされるのはまだ許せても、同じ子供の親権を持つ配偶者から、嘘偽りない自分の労苦を無視されるのは本当に辛く、三男と出逢った頃の瑠璃子は、夫の「実体」には自分からも、なるべく関わらずにいよう、と努めさせられるほどに、彼との関係性と、純粋に彼を思う気持ちが疲弊していた。

そして、そんな瑠璃子の心の隙間に、瑠璃子のウェブ上の写真を見て一目惚れしたのだ、という三男が入り込んできた。

長男夫から、自分のあらゆる属性を無視されまくっていた瑠璃子は、自分の属性を、も、もちろん実体も含めて、途轍もなく好きだ、と言ってくれるこの三男彼氏との会話に、程なくしてのめり込んでいった。

それはいつ頃からか、といえば、不倫だからお互い会えない、という状況に、彼の方が「I miss you」という言葉を用いてくるようになってからであり、そのフレーズは、日本語に訳せば、「あなたにここにいてほしい。あなたが、ここにいないのが淋しい」とかいう気持ちを代弁するのに用いられる。

「I miss you」と感じることも久しくなくなってきた長男夫はこの頃、大病の疑惑をかけられ、そのことでひどく心配した瑠璃子の心の動きをも、三男彼氏が詳細に把握しようとしてきたことも、微妙に影響して、出逢ってから約一週間後、二人はウェブ上で会話することを止めてしまった。

後からわかったことだが、三男彼氏は、軍医として、別の後進国に派遣が決まって、瑠璃子との関係を一旦ペンディングしようとしたらしかった。

しかし、わずか一週間の恋だったが、一度も会ったことのない「恋人関係」を、成立させられてしまった土壌は、瑠璃子を結構夢中にさせた次男彼氏とのvirtualな恋の顛末の中にあったと言える。

彼は、主に家電話で、互いの立場と体調をプラトニックに慰撫し合う男女の関係を、「真の不倫」だと断定してきたのだった。

「真の」という言葉の中には、無節操な不倫の、巷における横行を、よしとはしない次男なりの価値観と、人生観がよく反映されていて、瑠璃子は、性愛とは関係ない、純粋な知的好奇心も手伝って、彼の誘いに乗ってしまった。

そのことを、否定的にも、肯定的にも捉えられないでいる自分自身を、あえて「否定」せずにいる瑠璃子は、不意におよそ三か月前の、息子たちに規定されない赤の他人とのvirtualな恋を思い出していた。

その男とのひとときの恋の間、瑠璃子はずっと「跳んで」いた。背中に透明の羽が生え、地中海の大海原の上を、ひとりで跳んでいた。

彼との出逢いは、インスタグラム。親しくなった方途は、瑠璃子が定期的に、インスタグラムに挙げている、既製品に自らアップリケを施した手芸作品に、彼が意見と提案を掲載させて、瑠璃子に個人メッセージを送ってきたことにより。時は、四男と出逢ってから、八か月の歳月が流れたとき。

自由な交際は、瑠璃子に幾多の、自由な人格を持つことを可能にさせ、年齢を、大きく逆戻りさせることに成功できた彼女は、パイロットだという彼が送りつける、訪問先の国々のものだという美しい写真の数々を眺めながら、自ら異国情緒あふれる中世のお姫様に「成り切って」みたりしていた。

「Regulation is bad」

そんなメールを、瑠璃子は男に送ったことがある。

「規制は悪だ」

それは、瑠璃子の混じりっ気のない信条であり、同時に精一杯の強がりでもあった。

なぜなら、パイロットと恋している間にも、瑠璃子はそれまで手塩に掛けるように育ててきた四男から、様々な事項について「決定」することを求められていたからだ。

それは、瑠璃子にとって、自ら望んだことでありながら、同時にひどく骨の折れる、辛いことでもあった。なぜなら、何かを「決める」ということは、確たる一つの人格に支配されることに等しかったから。

従って、良心の呵責や、間違った平等思想から、何も自ら「決め」られずにいた四男は、分裂されてしまった自我が故に、引っ切り無しに、そして激しく瑠璃子を求めた。瑠璃子が知る限りにおいて、四男彼氏は、瑠璃子に「決める」ことを要請してきた初めての男だった。

その直前までウェブ上で交際していた三男彼氏は、その点は、四男とは真逆だった。

彼は、何でも自力で「決定」し、その意志に基づいて行動してもくれた。その点、三男は、非常に付き合いやすい男だった。彼は常に、非常に精力的に、まわりの人間の、「快適」と「安寧」を探し求めていたから。

そのあくなき「快適」と「安寧」の追求の果てに、何があるのか？

すなわち、彼の尽力と努力によって、むしろ存在を掻き消されてしまった「他者」

は、どこに行けば良かったというのか？

それは、三男彼氏の口から出てくる答えを聞くのが恐ろしくて、瑠璃子が一度も彼に出来なかった問いであったのだが。

次男彼氏は、四男彼氏と同様に、「決定」するのが苦手な男だった。

四男彼氏と違っていたのは、彼がそのことに関する「言説」を、全く持たなかったことだ。

彼はただ仙人のように、瑠璃子の周囲に存在し、一言も瑠璃子に、「何事かを俺に代わって決定してくれ」とは言わなかったのだ。

彼は何かを「発話」する代わりに、誰よりも激しく、頻回に瑠璃子の「精神」を縛り付けていたのだったから。

瑠璃子は次男彼氏の、それがvirtualなものであっても、「存在」に対峙するとき、その清廉潔白な身持ちと、凄みのある魂の在り方に、圧倒されずにはおれなかった。

その点「生活」という要塞において、四六時中瑠璃子を縛り付ける「長男夫」は、四子の中でいちばんその「打算」が際立っていた、と言える。

彼は、瑠璃子に「決定」を委ねなければならないことまで、極めて勝手に自分で決定してしまい、そのことを瑠璃子に問う言説の有無をも、瑠璃子自身の責任に帰させてきた。

すなわち、瑠璃子は夫に、「何であのときわたしに一言相談してくれなかったのよ」と詰め寄ることは、外ならぬ夫から禁じられていたのだ。家庭内のとある事項について、彼に「相談させる気にさせなかったこと」それは、瑠璃子の責任である、と言い張ったのだ。

それを夫の佇まいから気付かされた日、瑠璃子は、長男夫の甘えと惰性の末に、完全に埋没させられてしまう、自らの清明な人生のすべてを想い、涙せずにいられなかったのだが。

そんな、四人の男たちとの交際に疲れ果てた瑠璃子を、ウェブ交際していたパイロットは優しく受け止めてくれた。

そのとき瑠璃子は、地中海の上を跳びながら、自らの地中海も、深く潤ってきているのを感じていた。

それは激しく「前進」を求め、何物によっても鼓舞され、本来ある形において、厳正かつ有能な働きを持つことを神から求められるようになっていたのだ。

「一緒に働こう」

パイロットは瑠璃子にそう告げた。

瑠璃子は、その言葉に天にも昇るほど悦び、同時に、かつて感じたことのない安寧をも感じた。

瑠璃子は、来るべきその日のために、あらゆる有形無形の事象を、整理し出していた。

悪徳より、美徳を。

不幸より、公序良俗を。

縦のものを縦に。

横のものを横に。

そうすることで、瑠璃子は、許されない関係であり、かつ不毛極まりない、彼女の息子たちとの関係を、有意義に清算しようとまで、目論んでいたのだが。

ところが、急に、雷が地に堕ちて、瑠璃子のこの計画は頓挫してしまったのだ。

そのとき、具体的に起きたこととは、瑠璃子の体内から、彼女の愛液が、はらりと流れ落ちて、外ならぬパイロットのiPhoneに、画像として潜入させられてしまったのだった。

そのことを、瑠璃子がパイロットの口から告げられたとき、そしてその結果、彼の口から、瑠璃子と彼の二人の未来にとって有用な言説が得られることが、ついぞない、と思い知られたときに、瑠璃子は彼との別れを決意していた。

瑠璃子の地中海は、終始一貫して、平明な眼と中立的な態度を以て、彼女とパイロットの関係を見守っていた。

パイロットと別れた瑠璃子は、より一層、近親愛に近い愛情を抱いている四男との関係にのめり込むようになっていた。

彼は瑠璃子に、初めて彼自身に纏わることまで、「決定」することを求めてきた男で、そのこともあって、彼と会って、十か月の歳月が流れる頃、瑠璃子はこう確信していた。

「彼とこそ、わたしは添い遂げるように決まっているのだ!」と。

ともあれ、四男と瑠璃子とは不倫で、依然としてvirtualな関係からは抜け出せず、瑠璃子が日中の主な時間を共に過ごしているのは、娘の理代だった。

この娘は、これぞ、瑠璃子と、瑠璃子の長男の分裂気質を引き継いだ、というのが傍目にもありありとわかるような娘で、理代は、時に肝っ玉母さんのように、子供を全力で加護することのできる瑠璃子に頼りたい気持ちと、そんな瑠璃子から独立したい気持ちの狭間で、いつも引き裂かれていた。

理代は、自分を極限まで甘えさせてくれるという、彼女にとって瑠璃子の大好きな性格が、同時に自分の自立を阻むことが明白であるために、大嫌いである、という、精神分析用語でいう「アンビバレント」な性格の持ち主であったのだ。

結果からいうと、瑠璃子は、この自分の分裂気質を引き継いだ、自身の分身のような子供の育児に、振り回され、疲弊され尽くした。

例えば、理代の食事の際に、彼女は、自分の前に配膳された、色とりどりの自分の好物の食べ物たちを、手当たり次第に口に詰め込み、当たり前のことながら、喉が窒息しそうになって、目は白黒とし、手は所在無げにだらんと下がって、最早、そのときには彼女の積極的な生存には与しなくなった、幾多の骸たちのような、食べ物の傍らに、茫然と立ち尽くすことも、しばしばであった。

そんなとき、矢も盾もたまらず理代の元に駆け寄って、むしろ医学的見地から、彼女の喉元の安全を確保したい瑠璃子の思いは、外ならぬ理代の意志によって、その進水を阻まれるのであった。

瑠璃子は、不本意ながら、彼女には不必要に思われる、深呼吸をひとつしなければならなかった。なぜなら、理代の内に、自然な食べ物の通り道を、自分の喉元に作りたい、という気持ちが生じるのを辛抱強く待つ他に、彼女の生存を守らせる方途は見いだせなかったからだった。

ことここに及んで、瑠璃子は自問自答せずにはおられなかった。

すなわち、生命は誰のものなのか？と。それは親のものではない。子供自身のものでもない。そこまでは明白である。

それなら、それは神のものなのか？　自問自答するたびに、瑠璃子の頭は、むしろ瑠璃子にこう告げるのだった。「否」と。

アンビバレントな性格の子を育てた瑠璃子自身の経験知から言って、子供の存在を、その内に芽生える意志をも含めて、先回りして加護し、生かさせしむ神の存在など、世には皆無であった。

しかし、「神」にまで見棄てられた存在を、所謂根無し草のような存在に貶めさしむることを潔しとはしない唯一の視点がある、と、程なくして瑠璃子は気付くのだった。

それこそは、人間の「知識」だった。

それから瑠璃子は、育児書と、子供の医学書を読み漁り、理代のように、育てるのが難しい子供の母親として恥ずかしくない存在になるために、自己研鑽に励んだのだった。

他の男たちとの浮気を止め、仕方なしに四男一途な存在になった瑠璃子が、次なる生きる縁にしたのが、過去に自分と付き合った男たちとの追憶に浸りつつ、冷徹な自己の精神分析を進めることだった。

例えば―と、齢四十五の瑠璃子は思う。

自分が二十八の頃、保険の外交をしていた時に出会った、二十歳年上の男との、一見不毛に終わった関係に、別の活路はあったのだろうか？と。

瑠璃子の保険に入る、という口上で、たびたび瑠璃子に会う約束を取り付けては、ひとりで悦に入っていた彼は、瑠璃子の存在を独占できない痛みに、終始苦しんでもいたのだ。

なぜなら、その当時瑠璃子には、結婚することを約束した彼氏がいて、既に同棲していたから。

齢四十八だった彼は、末期の心筋梗塞に罹患していて、彼曰く余命半年であった。

瑠璃子の保険の顧客になる、という約束も、心筋梗塞の元凶となった、持病の糖尿病がネックになり、頓挫することとなった。

すると、今度彼が、瑠璃子と会う理由に掲げ出したのが、「障碍者特典で、東京都から配布されているタクシー券を、瑠璃子と共に使いたいから」ということであった。

瑠璃子とその彼氏は、タクシーで、共に住居のある区の公共の博物館などを共に見学しては、時間を過ごすようになっていた。

瑠璃子は、彼と初めて会った日に、彼の部屋に上がり、「部屋の奥で俺に身体を見せてくれ」という彼の要望に、従ってしまっていた。彼は、約束した通り、瑠璃子の身体を見ただけで、満足してしまったのだった。彼の男性機能は、糖尿病で破壊されていたから。

瑠璃子が、あの日、彼の部屋に上がってしまったのは、暑い最中の保険の外回りに疲れて、彼がいみじくも献上してくれる、という一杯のコーヒーが飲みたかったからだった。

あの頃は、今と違って、何をするにも、「理由」が必要な時代だったなあ、と瑠璃子は追想する。

今よりも少ない携帯電話のメモリに、意中の異性のメルアドを優先的に入れるのも理由が必要だったし、今のようにラインも、インスタグラムもない時代にあっては、携帯のe-mailの送着信履歴が、交際相手のものだけで埋め尽くされてしまうことに関しても、同性の友達に説明する際には理由が必要だったから。

そして、その彼とは、瑠璃子が結婚相手（のちに別れた）と一緒に、田舎に行ってしまうのを機に別れたのだった。

その恋を振り返って反省すべき点は、やはり、出逢った初日に彼の部屋に上がり、彼に乞われるままに服を脱ぎ、全裸になってしまったことだろう。

やはり瑠璃子には、彼女が生きる縁に出来るような人格はなく、あっても希薄で、他人に押し切られると、不本意ながらも従ってしまうのだった。

パイロットと、価値観の違いから別れてしまった瑠璃子だったが、彼女は確たる寂寥感で、胸を塞がれるほどに、彼との短い交際を、自分とも並行して続けた咎で、四男から責められたのであった。

しかし彼は、決して自分から瑠璃子に、別れを告げることはできないのであった。四男彼氏は、瑠璃子に、彼自身の存在をも含めて、深く依存していたから、かくも執拗に自分を追い回すのに違いない、と瑠璃子は気付いていた。

瑠璃子が、彼の精神病に冠した「精神分裂病型の依存症」という名前は、一見すると形容矛盾しているようでもある。

それはなぜかといえば、精神分裂病とは、徹底して、外界から関心を引き上げ、自らの内に引き籠もる病なのであるから、それであり、かつ他者に依存する、ということは、単純に考える限り、相容れない事象なのである。

しかし、如何に彼自身が、世界を峻拒して、自分の殻の内に閉じ籠もることを望んだとしても、外ならぬ「世界」の側が、彼に愛されることを望んだのであろう。「I love saving life」と言い切る、孤高の医者である彼は、内に、一抹の優しさを宿しており、世界の側も、土壇場で彼を見捨てなかったから、未だ「人間」の形状を有した彼が、世に生存を許されているのだろう—瑠璃子は、そう分析した。

そして、その四男が、未だ愛とともに世界に生きる縁としているのが、外ならぬ瑠璃子なのだった！　それはどんなに崇高で、甚大な規模の愛だったことか！

瑠璃子は、未だ自分と切れない四男の存在と、その愛について考えるとき、いつも身の引き締まる思いがした。

しかし、四男は生来かなり要求がましい男である、と瑠璃子の眼には映っていたのだが、彼女から、いろんなものを欲しがる男、といえば、四男以外にも、かなり凄いのがいたなあ、と瑠璃子は、再び追想に耽るのだった。

今から十五年前、瑠璃子がカード会社で営業をしていたときに出逢った、四歳年下の男は、瑠璃子から、本当にいろいろなものを欲しがった。

彼が、瑠璃子から欲しがったものの中で最大のものは、「時間」だった。

高校生の時分に両親が離婚をし、以来独力で生きてきた彼は、恋愛対象としての女性に求めるものは母性だ、と言って憚らなかった。

子供っぽさと、包容力を兼ね備えていた彼は、自身の物入りな生を、宝石の売り手となり、生計を立てることで支えていたのだが、当時、違う畑の営業職に就いていた瑠璃子の仕事のやり方にまで、いろいろ意見してきたのだった。

それは、その内容の辛辣さもさるものながら、瑠璃子の時間軸に彼が侵入してくることを可能にし、瑠璃子の側としては、自分が、自分の時間を他人から奪われることを好まない性質である、と気付かされた点において、実に画期的な経験であった。

彼は、甘えん坊で可愛いところもあったが、基本的に独善的な性格で、瑠璃子が、いつ、どこで、何をしているのか、微に入り細を穿ち知りたがり、時に理不尽に瑠璃子を叱ったので、基本的に独居を好む瑠璃子は、やがて疲れ果ててしまったのだが。

しかし、男から「時間」を奪われるとは即ち、その男の「母」になることに等しかった。

恋愛相手にとっての「鏡」のような存在になり、その男が瑠璃子の肢体に映し出した時間軸に従って、女自らが「自分の生」を生きることとはつまり、生まれたままの存在である自分自身を、彼岸へと擲って生きながらえることに等しかったのだが。

しかし、男から自身の「存在」を強奪されてしまった瑠璃子は、長い不毛な自問自答の末、どこにも辿り着くことができず、本当に病んでしまった。

瑠璃子齢三十二のとき、初発の統合失調症で一か月以上入院が必要になった背景には、かのような恋愛事情があったのだ。

その年下の男とは、「恋人のような友達関係」が長く続いたことも、瑠璃子の精神病の悪化には与したのだ、ということが言えた。

すなわち瑠璃子は、「お母さん」なのか「恋人」なのかわからない自分自身の居場所と、存在意義を真に見失って、男から半ば強迫的に「存在」を掻き消される恐怖に加えて、その局面においても、人格を分裂させる道を自ら選んだのに違いなかった。

しかし、一か月半入院を余儀なくされた精神病院は、瑠璃子の聞きしに優る、自我の腐敗に与する場所であった。

瑠璃子の入院していた病院は、食事のメニューや、タイム・スケジュールを含む設備や、併設された自然豊かな庭などの環境に至るまで、最先端のものであり、かつ最大限に患者の心身の「生理」に即して設計されていたから、瑠璃子を始めとする精神病患者たちは、何の経済行為にも参加させられず、ただ只管、自分の「精神」の治癒を目指していればよかったのである。

しかし、自分の精神の再構築と、自我の観察に相当長けていると自負する瑠璃子でさえ、その環境は、瑠璃子たち精神病の患者たちを、「自分の精神を見つめる」ことの自由の内に、停滞させるものであると言わねばならなかった。

自由の内に溺れ、そこから逃げ行く先まで、さらなる不毛な「自由」でしかない、という限定的状況は、瑠璃子の英明で革新的な精神を却って病ませる結果となった。

その時の瑠璃子と同じ眼の淀みを、それからだいぶ後に、瑠璃子は、当時齢二歳の娘、理代の内に見ることとなったのだったが。

瑠璃子に甘えたい気持ちと、瑠璃子から独立したい気持ちの間でいつも引き裂かれている子であった理代を、慈しんで育てる過程において、瑠璃子が最も腐心したのが、彼女を巡る車社会の在り方だった。

母・瑠璃子を全幅の信頼を以て信頼していた理代は、同じくらいの普通の子供たちと比べても、かなり勇敢に、車道に放置されてある車体に駆け寄っていくような子だった。

ある日、瑠璃子に頼り切った青い眼をした理代は、車道に置かれたトラックの傍に駆け寄り、いきなり動きかけたその車体にあやうく轢かれそうになってしまったのだ。

その瞬間に、ようやく車の恐ろしさを知った理代が火が点いたように泣き出し、その眼の青い陰りに、形容できないほど深い良心の呵責を覚えた瑠璃子は、理代の度を過ぎた独立志向と、その分裂気質をやさしく受容しすぎていた、それまでの自分の躾を、激しく恥じた。

瑠璃子という自由の真空容器の内に溺れ、そこからさらに、むしろ人間の身の安全に与さない「自由」に逃げ込もうとしていた理代は、悪い誘惑から自由になるだけの成長の伸びしろを持った清新な精神の持ち主では到底ありえなかったからだ。

「自由」の本当の意味を、自分の背中を見せることで、瑠璃子に教えてくれた男がいた。

「君は、僕を心配させるような、淀んだ眼をしているね」

その昔、当時齢十九だった瑠璃子を、そう言って口説いてきた、彼女よりも一回り年上の男が、その人だったのだが。

彼は、書店の社員で、アルバイトとして彼の勤務先に現れた瑠璃子に、限りない好意と関心を抱き、出逢ってから半年後には、二人は都内のバーで共に酒を飲みながら、互いの身上を証し合ったのだった。

そのときわかったことの内で、瑠璃子にとって最も重要だったことは、彼には未入籍の年上妻がいて、現在は、主に生活のために書店員をしている彼の終生の夢は、精神遅滞者や、精神障碍者の施設を作ることである、というものだった。

瑠璃子は、当時既に精神医学の本を、自力で読破するほど、心理学には造詣が深かったが、社会福祉の観点から、社会の弱者救済を願う彼の視点は、非常に斬新で、瑠璃子の学ぶ意欲は、彼によっても相当鼓舞されることとなった。

「イエスの箱舟ってやつに、前から憧れていてね……」

瑠璃子の眼が精神病質を思わせる陰りを宿している、と見抜いた彼は、自分の好みの女性たちばかりを集めて収容したがっているのではないか？　と瑠璃子はむしろ勘繰ってしまったのだが、彼自身の父親が聾者であったことから、社会の弱者に対して、恒常的に慈愛の眼差しと、深い関心を抱かずにはいられないのだ、という彼の人となりと発言には、充分な信憑性を、瑠璃子は感じていたのだった。

彼との個人的な付き合いは、彼に妻がいたために、所謂男女関係を持てなかったことが、瑠璃子の生理を傷つけ、彼女は一時、感情の表出に困難を来す、アレキシサイミアに罹患してしまっていたのだった。

「瑠璃子、笑顔が何か変だよ」

大学の同級生にそう指摘されるたび、必死にその場の自分の表情を取り繕いながら、瑠璃子は、学業が疎かになってしまうほど好きになってしまった、彼の存在について、思いを深めるのだった。

彼は、自分から情に訴えて、他人の思惑を我が物にしよう、と企むような輩とは全く別人の人となりに恵まれていた。彼は他人から嫌われようと、時に蔑まれようと、ただ猛然と、自分が信じる正道を、突き進める人間であった。

後に振り返ると、彼は所謂、瑠璃子の好みの分裂気質の人間であったことがわかるのだが、それが故に、彼の出世が、幾度となく暗礁に乗り上げる場面を、書店で目の当たりにしていた瑠璃子は、理代の育児に際して、この知見を大いに参考にさせられたものだった。

交通事故から一命を取り留めた後の理代は、生活と、感情活動の両方において、以前よりもバランスの取れた対応を、瑠璃子からも促されて、取るようになっていたのだ。

それはすなわち、「自分を甘えさせてくれる大好きな母」と「自分の自由意志を押し殺そうとする憎たらしい母」とに分裂させられた瑠璃子に対峙するのではなく、そんなふうに、不条理に「分断」された、娘からの対応に、傷ついてしまいさえする「全体」としての、そして「人間」としての瑠璃子に相対させよう、という意志を持った、瑠璃子発案の、娘理代への躾の結果だった。

このように「循環気質」として、潤滑に機能する、心の動きを手にした理代は、いままで、嫌いで反りが合わなかった、同世代のお友達とも、遊具の取り合いも起こさず、仲良く遊べるようになっていったのだった。

あんなふうに、劇的に変容した理代に、瑠璃子が施した精神療法こそ、ロゴテラピー（実存分析）だった。それは「実存」の名にふさわしく、いま、ここにある自分を、徹底的に受容させようとするセラピーなのだったが。

書店員の彼は、不満と悲劇の多い生の中から、お菓子を摘まむように、ささやかな生活の喜びを見つけて生きていけるだけの、豪放磊落さを兼ね備えた人間であったが、彼を忘れた後に、次に深く好きになった男で、常に何物かを否定することで生き永らえているのがいた。

瑠璃子と出逢ったときの彼は、大学事務員という仕事に就く自らの身上も、その大学の転入生という身分で自分に相対した瑠璃子の、既卒の別の大学に激しい憧れを抱いたことも、その気持ちの内の幾許かに、「恋」と呼べるものが含まれていたことも、彼の人生の例外に漏れず、否定し続けていたのだった。

瑠璃子の方は、大学の夏季休暇中に、たまたま、その彼の知己と知り合い、彼らが共に属していたサークル内での、彼の話になったのだった。

その話の中で、瑠璃子が最も驚いたことは、同じサークル内の、とある女の子のことが好きになった彼は、「その子もきっと、自分のことが好きに違いない」と思い込み、思い込み過ぎるあまり、彼女はそのサークルを、彼の妄想によって辞めさせられる羽目になった、ということだった。そして、彼はサークル内でも、一、二を争う人嫌いの変人だったそうである。

やはり、自分の予感は的中した、と瑠璃子は感じずにいられなかった。

彼が分裂気質に違いない、という自分の推理が当たったたし、彼が「あの子が自分のことを好きなのに違いない」と思い込んでしまった、というのも、彼が何かを積極的に意図し、具現化させようとした結果であるというより、彼が自ら「彼女が、自分を好きではないかもしれない」可能性を否定し続けた結果なのではないか、と瑠璃子は推測せずにはいられなかったからだ。

それからの瑠璃子は、半ば静かなストーカーのようになって、彼の性格と生活に関し、激しい興味を掻き立てられることになっていったのだった。

一度、瑠璃子の、自分への好意と関心に、実は気付いていることを、さり気なくアピールしてきた彼は、一言、瑠璃子に「学生さんに好かれてもね……」と口走ったのだった。

その一言というのは、瑠璃子に彼の心の内情を推察させるのに充分であり、それはどういう内容であったのか、といえば、彼はやはり、自分の、瑠璃子への愛情を、それを充分に消化できるほど明確には、決して理解していなかったのだ、ということだった。

勤務中に、生徒個人への自分の私感を述べずにいられないほど思い詰め、追い詰められていた、というのなら、瑠璃子へ浴びせられた一言は、もっと別のものであってよかったのであるから。

曰く、それは「No」と一言、で充分だったのである。

彼の、意外なほど高い社会人としての庶務スキルと、常識信仰の強さから推し量るに、彼は、瑠璃子への好意を認めた上で、あくまで公人として、それを断る、という手筈を踏んだ方が、瑠璃子との交際を否定するにしても、話はもっと簡単で、彼の心情に及ぼされる害は少なかった筈なのであるから。

瑠璃子は、老婆心を介入させても、こう思わずにはいられなかった。それはすなわち彼が、我が身に起きた「瑠璃子から愛される」という事実に、盲目的に近く否定的な考えを持っていたのに違いなかったから、二人の間に、本来不要だった感情を巡るいざこざが起きてしまったのだ、と。

さらに、子供っぽい性格の彼は、自分の内に芽生えた、瑠璃子への憧れと好意を、否定し続けてもいたから、その事実を想起させる疑惑は、激しい憎しみを、外ならぬ瑠璃子当人に対して抱かせる結果を引き起こし、案の定、勝てるはずだったその恋に、瑠璃子は負けてしまったのだった。

彼との恋が頓挫した当座、瑠璃子はつくづく思うことがあった。

それは、彼が真正の分裂病者のように、我が身に起き得る事象を、悉く否定し続けた結果、彼の行く「陽の当たる場所」とは、如何に、何処に存在し得るのか、という単純な疑問なのであった。

一向に一系統に定まる気配のない人格と、そのことが、我と我が身に引き起こす不祥事の処理に汲々として生きてきた瑠璃子には、その自分を不合理に振ったばかりの男として、彼が瑠璃子の眼にもの見せた男性特有の矜持と打算は、極めて微温に映ったのだった。

たくさんの男たちとの有形無形の「交情」に苦しんでいる瑠璃子は、その同時進行の恋愛が、自らと「長男」との家庭に及ぼす、色彩様々な「影」についても思い及ぶことがあった。

それはなぜかと言えば、三人の「男」たちとの事情がなくても、共に透徹した分裂病者同士の、瑠璃子と長男の結婚は、暗礁に乗り上げつつあったからだった。

まず、二人の間の不文律となっていることとして、長男は、嘘っぽく本当のことを言うのが、彼の信条とすることであり、家庭内においてもその言動を許容されていた。

しかし、彼にとって、自尊心と好奇心を満たすことが自明の理と言える言動であるとはいえ、これが、どれだけ瑠璃子をして、所謂「真実」を究明し、了解するのに、骨を折らしめられることか—瑠璃子は、非合理にも、無辜の市民にも考えてほしいものであると、いつも考えていた。

例えば、彼が、良性のポリープがたまたま見つかった、大腸内視鏡検査の結果を、彼の脳裏に焼き付ける形で携えて、検査を終えた病院から帰宅したとする。

しかし、心配して待っていた瑠璃子が、彼に詰問して、至極すんなりと、直球的に「正解」が得られるのは「何か、検査に異常を来していた」という事実くらいなのである。

その後は、「良性だったの?」と聞くと、彼は「ううん」と言い、でも、その返事の仕方があまり真実味に欠けるので、やや飛躍して「悪性だったの?」と聞くと、言い淀んで答えないのだ。そのため瑠璃子が「癌だったの?」と聞くと、「ううん、そうとは先生から聞いていない」と言う。「じゃ、悪性なの?」と瑠璃子が聞くと「そうなのかもしれない」と言う。「じゃ、悪性のポリープって、医者から言われたの?」と聞くと「ううん、そうとは言われていない」と言う。

「癌ではなくて、悪性のポリープって医者から言われてないなら、あなたが病理検査に回したのは、良性のポリープなの?」と瑠璃子が聞くと、彼はようやく「癌とは言われていないし、ただ大腸の組織の一部を取っただけで、ポリープだ、と言われたわけでもない」と、真相の究明に、少しは役立つことを言うのである。

すなわち、彼の言説は一種の数式のようなものであり、癌とは言われていない事実と、ポリープと認められたわけでもない事実の重さの違いが、この謎を解く鍵なのである。

「癌とは言われていない」は、「ポリープである、という言質を医者から取ったわけではない」よりも、重要度の軽い事実であることがわかれば、彼の、一見難解な言説は読み解ける。

彼は、「癌」のような、生命の一大事を、決してそれより重い言説の下に置いて、続けて述べたりすることはしない、保守的な男なのであるから、彼の病名は「ポリープ」でいいのだ。

しかし、こんな読解が、即興でき得るのは、瑠璃子か、ソクラテスか、くらいのものであり、しかも彼の禅問答を思わせるような発言は、極めて文系的な思考回路からは「生命」を軽んじているようにも感じられるため、瑠璃子は時に「長男」に憤慨せずにいられないのだ。

長男に、憤慨している数時間があったかと思うと、瑠璃子には、不意に「三男」に逢いたいあまり、心が慟哭してしまう時間があった。

瑠璃子の中に芽生えた「三男」への愛慕は、時に瑠璃子の「存在」をも凌駕し、それ自体、自己完結的に具現化されてしまうのだった。

それは、瑠璃子の妄想から生まれたものであっても、それ自体根拠のない根無し草のようなものではなかった。

それは目に見えなくても、そこに「愛」として紛れもなく存在していたのだから。

三男には、そんなふうに、他人を前途への希望に満ち〝在人神〟に帰さしめてしまうだけの魅力があった。

何故だかわからないが、三男によって存在を鼓舞された個人は、心が麻薬中毒者のようにハイになり、根拠の乏しい悦びで満たされてしまうのだった。

三男と、電話やメールで話し終えた瞬間の瑠璃子というのは、実際には触れることの許されない存在である三男に、本当に逢ったかのような幸福感に、紛れもなく満たされてしまうのだったが、そのとき瑠璃子が感じる生の躍動感は、彼が分裂気質ではなく、循環気質という名の双極性障害であるという疑惑を、瑠璃子に抱かせるものなのだったが。

つまり、三男と瑠璃子は、持てる気質こそ違えど、頭部が奇形的に、そして奇跡的に繋がった後進国の双生児のように、互いが互いの存在の内に、その頭も身体も寄生している関係であると言えた。

瑠璃子は、自らの悲しみが、臨界点を超えて、自分の内に溢れてくる瞬間、なぜか三男の、硬く隆起した瞬間の男性器のことを、頭に思い描かずにはいられなかった。それは、瑠璃子の存在の襞から流れ落ちる、泣きの涙を許容し、時に放漫に、その人間としての乱れを飲み干してくれるのだったから。

叱るのでもなく、教育するのでもなく、三男はいつも当然のこととして、瑠璃子に纏わる諸事を「決定」しようとしてくれた。三男は、そうすることで、瑠璃子の「身体」から、その透徹した狂気と、意外に大きい、他者への勇気と思いやりを、自分の内に「注入」して、灰のような日々の糧にして生きていた。

三男と瑠璃子は、そんな親子であり、瑠璃子は、彼にとって、むしろ性愛によって結ばれているのが、傍目にも明白な「母」だった。

もう一人、瑠璃子と熱い性愛で結ばれている四男とは、未来永劫、仮令彼と地平の果てまで、ほうほうの体で駆け落ちしたとしても、ふたりが別れる明白な理由はないのだった。

彼と瑠璃子は、わざわざ臓器を共有する必要もないような、本当の双生児だったのだから。

四男は、瑠璃子と、その魂同士の関係においても対等であろうとするために、瑠璃子に、様々な決定権を持たせようとしてきた。

そのことは、元々、自らの人生について、明白なかつ有意義なビジョンを持っているわけではない瑠璃子に、生きることへの絶望を抱かせてしまうものだったのだが。

瑠璃子は「決める」ということが生来苦手な性質で、その点は、瑠璃子のそのような性格を熟知している三男の方が、彼女との恋愛において、四男よりも一歩リードすることを許されていた。

瑠璃子は、三男が、自分の代わりに何かを決めてくれる瞬間、彼に「抱かれたい」とまで衝動的に、かつ強く思った。

それは快楽を求めるような性交とは程遠く、自らの生を凌駕し、守護さえしてくれようとする存在と、その男根に支配されたい、というひたむきで、真正な「性愛」だったのだが。

しかし、瑠璃子はこのまま行くと、自分に決定することを求めてくる四男と、別れたいと思うようになってしまう自分にはっきり気付くようになっていた。

しかし、どんなに別れたいと、瑠璃子が願ったとしても、いかんせん、彼女と四男は、宿命的に別れられないのであったのだ。

瑠璃子の性格は、堪え性がなく、故にこの先、四男の束縛に耐えきれなくなることは自明の理なのであったが、同時に瑠璃子は、理由がないのに恋人と別れなくてはならなくなる自らの運命の不条理を、胡麻化して美化するようなずるさは微塵も持ち合わせてはいないのであった。

つまり、このまま行くと、瑠璃子は、自分が絞首刑の台に首だけ乗せたまま、むしろ無垢なまでに色彩の豊かな生を、四男以外にも、諸人とともに生き続けるような生き地獄に身を置かざるを得なくなるのでは、と密かに危ぶむのだったが。

別れたくて別れられない愛人と、むしろこのまま添い遂げようという意志があるのなら、瑠璃子はそれこそ、長男と離婚をして、四男と新しい家庭を築く努力をするべきなのである。

しかし、瑠璃子は、自分から長男を傷つけることだけはどうしてもできなくて、そのことを多種多様な方法で、これまでにも四男に告げてきたのであった。

そのことを、瑠璃子の言説として、耳に入れさせられる度、四男は、瑠璃子によって、長男よりもむしろ蔑ろにされている自分の存在を知り、心では、眉間に青筋を立てるような深刻さで、彼にとっての愛人に抗議してみせるのだった。

言葉少なな彼は、実際にはそう口に出すことはなかったが、実際は心中深く、「俺のことは傷つけて平気だっていうのか？」という台詞を、忍ばせていただけのことだったから。

彼は、常識的で冷静な男ではあったが、実際には、瑠璃子の気を引く、正にそのためだけに、男としての手練手管を極限まで使ってきていた。

そこが、決定的に三男とは異なっていた点であり、彼は恋愛の手腕を揮うことにおいても、それを人間的なものとしてのそれに限定させてくるのだった。

それは彼の希望が、そうせしめたというより、むしろ不遇な不倫関係を、瑠璃子に案じさせまいとする彼の気遣いにより、為されているものだといえたのだが。

しかし、同時に瑠璃子は、四男特有の弱さにも気付いていたのだった。彼は、自信過剰に思われるほど、男としての自分の能力と器量に自信を持っていたが、それは、女性のほんの小さな言動に、心をぽっきり折られてしまうようなメンタルの脆さと、表裏一体を為していたから、女性特有の打算と、したたかさの前では、四男は全く赤子に等しい存在だったのだ。

そして、そんな瑠璃子と、瑠璃子を巡る他の三人の男たちの行く末を、誰よりも冷静な視点を以て眺めている男が、瑠璃子の次男だったのだ。

彼は、他の誰にも真似できない、持続力と、コスト・パフォーマンスの良さで、彼女の脳裏の要所に鎮座することに成功していたのだったから。

瑠璃子はそれこそ引っ切り無しに、一刻の休みも設けずに、次男のことを考えていた。

「ひとと話すことに、常に一抹の恐怖が伴うんですけど、それとうらはらに、自分はひとと話すことが大好きなんです」と、瑠璃子に真剣な眼差しを投げかけて言い切る彼のことを、瑠璃子は、他のどの息子たちよりひたむきに「信頼」していたのだった。

言葉遊びで人を煙に巻くのが好きな長男や、独善的な善行を、他人の眼にもの見せる三男や、時として偽善的な四男のことを、瑠璃子は未だ信頼し得ずにいたというのに。

生命力に満ちた瑠璃子に「死」を与えられるとしたら、この次男だったのだ。

瑠璃子は、自分から彼女の面前には現れようとしなくなりがちな次男が、自分に与える声や文字面が欲しくて、禁断症状から、細まりつつある息を、声を、喉に感じることが多かった。

そうならないために、瑠璃子はひたむきに、彼を「忘却」しようと努めた。

「忘却」は、優しい薬で、瑠璃子は次男の存在を忘れていられる短い時間、喉元を流れる空気の穏やかさを、悠々と感じていられるのだったが、存在を感じさせる声にも、その思いを乗せた言葉にも、頑として触れられない、永き恋人との愛は、瑠璃子に自らの生を諦めさせ、彼岸で一人愉しく生きる行動へと駆り立ててしまわずにいられないものだったのだが、瑠璃子の地中海が、潤って、まさに「機」を得て、未来と善の方角へ動き始めていた。

瑠璃子は、自分の背中に、地中海を行く船人たちの怒号が背負われつつあるのを感じていたのだった。

コロナウイルス肺炎の、爆発的流行により、大幅に停滞した経済さえをも、その大海原を流れる波は、優しく補填していた。

その波は、瑠璃子にこう言うのだったから。

経済が衰退しようと、家から一歩も出られなくても、何も心配する必要はない。その足枷は、課された人間の価値とは、本来何も関係ないのだから。

「いま」をこそ、肯定するのだ。それしか人類にこれから先、生き延びる道はないのだ―波は瑠璃子にこう畳み掛ける。

瑠璃子はこう思わずにはいられない。「いまを肯定する、ってことは、ロゴテラピーを行うということだ。わたしが、理代の精神分裂病に施した療法の、まさにそのものではないか！」と。

波の声が正しいのなら、世界は今、甚大な精神分裂病に罹患しているのだったから。有名な各国の化学者たちは、コロナウイルス肺炎を制するのは、有効なワクチンだと断言するが、それは誤りなのだ。世界中に夥しい数の罹患者を出している病気への特効薬は、まさに世界に施されるロゴテラピーだ。

瑠璃子はさらに、独力でこう推察する。現在、世の中には「コロナ後」という語句が独り歩きさせられて、この忌まわしい疫病が、完全に淘汰された未来の予想図を偽造し、あろうことか、それを掲げて、さらにゆゆしきことには、商売しようと企んでいる輩までいる。

しかし、この「コロナ後」という語句と、それを利用した行いは、本質的に激しく間違っていると言わざるを得ない。

なぜなら、「コロナ」は、ただの「コロナ」でしかなく、それは実存的な意味合いにおいて、現代に流布した疾病である、という意味しか持たず、コロナそのものに「前」とか「後」とかいう語句は、文法的にも、そして形而上学的にも、付与され得ないのだから。

コロナウイルスパンデミックにより、企業を倒産させてしまったと言い、後悔と自責の念に駆られているCEOたちは、次のことを想像してみるとよい。

すなわち、地中海が隆盛を極めていた遠い時代に、その海原と漁を行く旅人たちが、現代ほど深く、進水前においても、その漁獲量の多寡を思い悩んでいることがあっただろうか?と。

回答は、満場一致で、「否」と規定されるべきだ。遠い昔の地中海においては、豊漁も、不漁も、それ自体の意味をしか持たなかったからだ!

今のように、頭をこね回し、ない体力を使って船出のための、準備体操に労した船人の身体をこそが、コロナウイルスパンデミックによって淘汰されていっているのだ。

換言すれば、予測可能な経済が、人間の手で、本来平等であるべき世界の多種多様な国々に貧富の差を創出させられ、そのことで、世界精神が、あたかもそれが精神分裂病に罹患したかのように、激しく過去のトラウマに囚われ、コロナウイルスパンデミックにより死に瀕した自分自身を、元に戻すべく本来は与えられている筈の自浄力を、自由に発揮させられずにいるのだから。

物事はもっと、行き当たりばったりでいいのだ。利己的に、緻密に計算され過ぎた経済及び商業活動が、回り回って、人間が最も尊重しつつ生きなければならない健康そのものを傷つけている、という矛盾に、なぜＷＨＯのような国際機関は、厳しくメスを入れないのだろうか？

ふと、我に返って、瑠璃子は、自分がまだ二十代半ばだった頃の、日本を舞台にした国際的な恋愛を思い出していた。

彼の年齢は、瑠璃子よりも年上だったことしか覚えていないが、国籍はインドだった。

出逢いは、彼の経営していた飲食店に、瑠璃子が単身で来訪したことだった。

出逢ってからものの五分で、彼から電話番号を聞かれた瑠璃子は、食事を終えて、店を出てから実に三時間も、仕事がまだ片付かないという彼を待ち続けたのだったが。

その待ちぼうけの間中、瑠璃子の携帯電話は、実に秒刻みで鳴り続けていた。

彼曰く「まだ仕事が終わらないが、必ずそこに行くから、待っててくれ」とのことだった。

瑠璃子は彼が、あまり仕事の進捗が遅いので、知能か肢体に、何か障害でもあるのか、と勘繰ってしまったのだが、「I am sorry」と言って瑠璃子の元へ、息を弾ませて駆け付けてきた彼は、出で立ちから佇まいまで、普通の男だと、彼女にはわかった。

彼が、普通じゃないほど真面目だということに気付いたのは、待ち合わせた駅前で、短い会話をした後、彼に誘われて行ったホテルにおいてだったのだが。

「I love you」を連発して瑠璃子に向き合おうとする彼の所作が、挙動不審に思われるほどぎこちなかったのだ。ふたりは、そこで性行為をするにはしたのだが、それは後に振り返ると、それが愉しい経験だったのかどうか、微塵も思い出せないような、実に苦い砂を嚙むに等しい記憶と化していたのだった。

彼の、瑠璃子の耳元で囁く「I love you」の言葉も、瑠璃子には、記憶に保持することが不可能に感じられるほど、どぎついのだった。

瑠璃子には、自分と寝たのかどうか思い出せない、あるいは寝たのは明らかにわかっても、なぜ寝たのか、全く思い出せない、もしくはわからない男が、複数名はいた。

それは、まさに瑠璃子の人格が、複数に分裂させられているが故なのだったが、感動的であって然るべき彼との初めての「make love」が、日を追う毎に水を失ってからからに乾いた砂漠のような記憶の淵へ埋められていくのは、辛い経験には違いなかった。

日々、彼と出逢った日の感動が薄れていく瑠璃子と反比例するように、大いなる情熱で以て、愛を確かめ合った瑠璃子への愛情を増幅させていくのが、インド人の彼だった。

彼は、しつこくされるのが密かに苦手な瑠璃子に、毎日のように電話を寄越してきた。

「I love you」と熱に浮かされたように瑠璃子にささやく彼は、日を追う毎に、その性格と思考から、客観性が失われていくのだった。

彼と付き合い始めて四日目には、瑠璃子は電話口から聞こえる彼の「I love you」という言説に、無言の溜息で以て相対する以外、術がなくなっていたのだった。

その瑠璃子の対応に、「君は僕に無言電話の相手をさせようっていうのか？」という切り口上で攻勢をかけてきた彼は、次第に瑠璃子の自分への愛情を疑うあまり、被害妄想に陥っていったのだった。

彼は、瑠璃子好みの分裂気質だったが、そのとき瑠璃子に見せた被害妄想は、うつのような感情の揺れ動きを伴っていた。

あたかもヒステリーのように、彼は、瑠璃子の口から、自分への愛情を感じる言葉が発現しないことに、激しい苛立ちの言葉をぶつけるようになっていたのだった。

そして彼が瑠璃子の愛に疑心暗鬼になればなるほど、瑠璃子の彼への愛は冷めていった。

瑠璃子は、物事の客観性を重視する理論派かつ慎重派であった。

そのとき瑠璃子は、彼と出逢った日、ホテルでの彼に感じた、ぎこちない所作の意味を思い知ったのであった。

要するに、あの日の彼は、自分への瑠璃子の愛を疑って怯えていたのだったが、彼を通して瑠璃子は「好色な男」というのはいても、「淫蕩な男」というのは滅多にいないのだ、という理屈が、あくまで形而上的、文化人類学的にわかったのであった。

男性は、闘争本能から、ガールハントにうつつを抜かすことはあっても、性を性の本道に基づいて、愛を蔑ろにしても追求しようとする傾向は女性より少ないと言えた。言い換えれば愛と性の分離を起こしがちなのは、むしろ性感能力と、性交体力のより優れた女性の方であり、本気の恋に限定すれば、男性は女性の何倍も、真面目かつ深刻にパートナーの愛の純正さを求めていて、その性欲の起こり方なども、観念的で、非即物的で、故に、好きな異性に寄生しようとする自分以外の男の存在など、生命の基盤をかけて許せないものなのだ、ということが実体験を通してわかったのだ。

女性より社会的な存在である男性は、女性より、異性を愛する気持ちが、精神的なものに依存している割合が高い、ということが腑に落ちた瑠璃子だったが、彼のように社会的成功を収めている男性ほど、好きな異性に寄生しようとする存在への、嫉妬も激しいものだった。

そのインド人の彼も、ついには、実際にはいない、瑠璃子の別の彼氏の存在を疑い出した末に、自分より年長で妻子持ちの男友達と、瑠璃子を輪姦しようという暴挙に出たのであった。

それ以来、瑠璃子は彼に激しい嫌悪感を抱くようになり、この恋は終わりを告げた。

結末が、実にスリリングであり、かつその展開もドラマチックだったので、瑠璃子はその恋を国際的な恋と名付けたのだったが。

さて、分裂していく瑠璃子の人格こそが、瑠璃子がそこに想像上の両脚を浸して、一時の愉楽を得るために存在する地中海をして、それを象徴せしめるものであるのだった。

瑠璃子は最近、そこに自らの足を浸して、無聊を託つことが好きだった。なぜなら、そこが最近では、瑠璃子に実に好都合に潤っていて、そのものが砂漠のようにからからに乾くことだけは避けたいと願う、瑠璃子にとってはしあわせな季節が到来していたからだった。

瑠璃子は、その海にお伺いを立てて、最近世間を席巻している、コロナウイルスパンデミックについても、考えを進めるのだったが。

口幅ったくて、なかなか言えないことであったが、瑠璃子はコロナウイルスパンデミックに、親しみすら覚えていた。

なぜなら、抗体が特定しづらい、というコロナウイルス肺炎の特徴は、相対する人間と、場面によって、実に無節操なまでに新しい人格を生まれさせる、瑠璃子自身の精神にも似通っていたからだ。

コロナウイルスパンデミックは、瑠璃子の周りのほぼすべての人間から、疫病神のように嫌われていたが、瑠璃子は、外出が自由にできない身体の鈍りを不自由に感じることこそあっても、それが概して、うっとうしく感じるだけの対象ではないのだった。

外出自粛についても、見方を少し変えれば、国家権力が、給付金を背負って、特別にこちらに擦り寄ってきてくれる、という前向きな見方が、なぜ大勢にならないのだろう。

いみじくも、国家権力は、口を開いてこう言うのだから。

「積極的に、他人と交わることは、いまはやめてください」と。

瑠璃子は、物心ついてからずっと、他人と交わるたびに人格分裂の恐怖を抱えて付き合わざるを得なく、彼女の心身に与えられるべき負担は、莫大な量になっていたのだったから、むしろ政府のこの提言に、感謝してしまう自分自身を、はっきりと自覚していたのだった。

Ruriko's Androidが鳴る。それはめずらしく男からではなく、友人の圭子からだった。

瑠璃子の娘の理代と、圭子の娘の美菜子は、同じ幼稚園の、同じクラスに通っているから、二人はママ友である、と言えた。

「ねえもう、瑠璃子、あの投稿は何よ?」

圭子が「あの投稿」というのは、瑠璃子が昨夜、幼稚園の理代の通うクラスのグループラインに上げた、「コロナウイルス感染症と、資本主義の歪んだ行く末について」という論文まがいの文章のことだ、と彼女はすぐにわかった。

「何?って、あの通りの論旨だけど……」

瑠璃子は苛立ちを隠さない、少しつっけんどんな口調で圭子に答えてみせた。

「これだから、無知蒙昧な集団はいやだ!」と瑠璃子は、胸中で思い切り毒づく。

あの明確な論旨を持つ論文への感想が、圭子のもののようなら、コロナウイルスパンデミックの行く末も、人類にとって有意義なものとは成り得ないであろうから。

ミーハーなママの軍団なんて、どうせ、コロナウイルスパンデミックが落ち着いた途端、外出自粛の最中に感じた、ささいな欲求不満を補塡するための弱い者いじめか、「コロナウイルスをばら撒いた」と思しき悪人を非合理に探し回ることしか、互いに行動として、容認し得ないのであろう。

彼らは、どうしてこう考えられないのであろう? コロナウイルス肺炎及び感染症は、化学的エビデンスにより治癒する物理的疾病であるが、コロナウイルスパンデミックこそは、資本主義経済が及ぼした、世界の二分化の結果起こった、極めて社会的、精神的な事象である、と。

いわば、世界が二分し、先進国が後進国を支配しようとしたことが、この感染力の強い病が、ねずみ算式に増えゆかざるを得ない理由であるのだ。

先進国が、豊富な資源を以て、後進国のコロナウイルス肺炎にメスを入れようにも、「支配—被支配関係にある」という彼らの構造が、その救済の実施にタイムラグを生じさせ、その時の遅れ故に、後進国の病の治癒は、遅々として進まないばかりか、この病の重篤者と、死者ばかりが増えゆく結果が齎されているのだったから。

つまり、その構造を直さない限り、菌を消滅させようが、特効薬を見つけようが、焼け石に水である、と言わなければならない。

コロナウイルス肺炎及び感染症と、パンデミックを終息させるのは、優れた医学と、精神医学及び哲学といった、形而上学なのだから。

その場合、優れて速攻性のあるロゴテラピーを施されるべきなのは、もちろん世界に遍在する個人であることはたいへん有意義なことだが、その場合の個人とは、哲学者ハイデガーが言うところの「世界内存在」に限定されるべきであると言える。

すなわち、世界に「実存」を許された個人を、その個人的な精神のみならず、社会的背景をも含む集合エスのくくりにおいて分析しよう、という視点が不可欠になってくるのだから。

ハイデガーといえば、存在を存在たらしめる、有意味な「現存在」とか、意味のない、存在の足跡としての「存在者」といった言葉のくくりで、個人的及び社会的な事象を分析することが有意義な哲学者なのだったが、圭子のつれない返事に、地中海もからからに干されてしまった瑠璃子は、その瞬間、理代の世話と、男たちとの交情と、少しの家事に明け暮れた〝今日〟の終焉を思い知らされていたのだった。

翌朝、瑠璃子は早速、コロナウイルス肺炎と、パンデミックの、本質的かつ革新的な原因を探るための計画を立てた。

瑠璃子は、そのためにはまず、ハイデガーの概念「現存在（意味）」と「存在者（幻想）」を、現実の会話に当て嵌めて、弁証法的に「真理」を探っていくのがいいのではないか、と考えを導いたのだった。

目的に見据えた会話の相手として、瑠璃子はまず最愛の四男を指名した。

かのような事情を話し、瑠璃子は四男と、真実を探っていくための「対話」を始めた。

「早く、自粛が解けて、『日本のディズニーランドに行きたい』とか、思うの？」と四男が会話を振る。

この場合、意味は「瑠璃子の現状を、ディズニーランドを介在させて心配している四男の気持ち」であり、「四男の言うようには、ディズニーランドに行きたがっているかどうかはわからない瑠璃子本人」が幻想である、ということになる。

そして、そこからアウフヘーベンさせられるものとは、「四男の心配を冷笑し、瑠璃子の期待を刺激しない、いつまでも未定な当該施設の再開時期こそ諸悪の根源である」という真実であるのかもしれない。

次は、四男の問いに、瑠璃子が回答する番である。

「わたし、ディズニーランドより、ボウリング場に行きたいわ」

この回答は、前会話において、一度意味を否定された「瑠璃子のディズニーランドに行きたい気持ち」を、更に否定しているので、二重否定＝強い肯定となり、その肯定は、そのまま「ボウリング場の実体」の上に冠せられる（意味）ものとなるのである。

それなら、幻想に当たるものは何か、と言われれば、この場合も、未だいずれの施設に遊びに行く具体的な予定も立てられない瑠璃子本人となるのである。

止揚は、「四男も、瑠璃子と同様に、差し挟む会話にも窮し、存在が漠としているのに、幻想には当たらないと言われ、彼は瑠璃子の存在に自分の咎を目くらましさせているのに違いない、小ずるい男である」という真実であるのだったが。

「それなら、今度、君とボウリング場に行きたい」と四男が言う。

この場合、意味は、やっと四男をして、自分に花を持たせる対応をさせしめた瑠璃子であるということになる。それはいみじくも、この段階ではまだ自分の発言を、彼女から否定される可能性を持つ四男自身ではないのだから。

幻想は、この場合、初めて二人が実際に繰り出す可能性を示唆されたボウリング場施設の、そこに集まるギャラリーである、と言うこともできるのだ。幸いにも、四男の望み通り、彼が瑠璃子とのデートに漕ぎつけられた場合、二人を取り巻くギャラリーこそ、二人のその後の恋の進展に重要な意味を持つようになるからである。

そして止揚は、本来満たされるべき、女である瑠璃子が、ようやくこの会話の主導権を持たせられ始めた、という事実なのかもしれない。

「それなら、わかったわ。わたし、あなたの言うように、今度一緒にボウリングに行くけど、くれぐれもその場にきていた、わたし以外の女の子と浮気しないでね？」

瑠璃子は四男にそう返す。この場合意味は、ひしひしと彼氏の、行楽地での浮気を疑ってしまう瑠璃子の思いであり、幻想は、未だ瑠璃子によって摘発されていない、四男の浮気なのであるが。

料金受取人払郵便

新宿局承認

3970

差出有効期間
2022年7月
31日まで
（切手不要）

郵便はがき

1 6 0-8 7 9 1

1 4 1

東京都新宿区新宿1－10－1

(株)文芸社

愛読者カード係 行

ふりがな お名前			明治 大正 昭和 平成	年生 歳
ふりがな ご住所	□□□-□□□□			性別 男・女
お電話 番 号	（書籍ご注文の際に必要です）	ご職業		
E-mail				

ご購読雑誌（複数可）	ご購読新聞 新聞

最近読んでおもしろかった本や今後、とりあげてほしいテーマをお教えください。

ご自分の研究成果や経験、お考え等を出版してみたいというお気持ちはありますか。

ある　ない　内容・テーマ（　）

現在完成した作品をお持ちですか。

ある　ない　ジャンル・原稿量（　）

<table>
<tr><td>書　名</td><td colspan="5"></td></tr>
<tr><td rowspan="2">お買上
書　店</td><td rowspan="2">都道
府県</td><td rowspan="2">市区
郡</td><td>書店名</td><td colspan="2">書店</td></tr>
<tr><td>ご購入日</td><td colspan="2">年　　月　　日</td></tr>
</table>

本書をどこでお知りになりましたか?

1.書店店頭　2.知人にすすめられて　3.インターネット(サイト名　　　　　　　　)

4.DMハガキ　5.広告、記事を見て(新聞、雑誌名　　　　　　　　)

上の質問に関連して、ご購入の決め手となったのは?

1.タイトル　2.著者　3.内容　4.カバーデザイン　5.帯

その他ご自由にお書きください。

(　　　　　　　　　　　　　　　　)

本書についてのご意見、ご感想をお聞かせください。

①内容について

②カバー、タイトル、帯について

弊社Webサイトからもご意見、ご感想をお寄せいただけます。

ご協力ありがとうございました。

※お寄せいただいたご意見、ご感想は新聞広告等で匿名にて使わせていただくことがあります。

※お客様の個人情報は、小社からの連絡のみに使用します。社外に提供することは一切ありません。

止揚は、瑠璃子の会話内での発言と、現実的な可能性により、二重否定された四男の浮気心が、実際はかなり信憑性があるのに違いない（強い肯定）という推理である。

「そんなことするわけないじゃないか。僕は君だけを愛しているんだから」

四男が瑠璃子にこう返す。この場合、意味は、強く愛している、と言われた瑠璃子の分身の理代であり、幻想は、娘と自分の彼氏を取り合う、という惨劇にこれから遭遇する、瑠璃子なのだったが。

止揚があるとするなら、母娘からの愛情を欲しがっている四男は、本当の意味で欲深な男である、ということだ。

逆上した瑠璃子が、四男にこう返す。

「貴様！　浮気するつもりね？　何だかんだ、煙に巻きやがって！」

この場合、意味はむしろ、まだ実施されていない浮気の事実を、四男に言質を取られる形で先に発言してしまった、瑠璃子の側が浮気をする可能性である。

そして、幻想は、瑠璃子により去勢されてしまった、四男の男根であると言わねばならない。

アウフヘーベンこそは、能瀬瑠璃子は男たらしであるという事実なのだったが。

ここで、三男からビデオ電話が入る。

瑠璃子は三男にも事情を話し、彼とは現象学の概念である「ノエシス（考える作用）」と「ノエマ（考えられたもの）」を提示した上で、客観性というものを、複数の主観性の共同的な働きの相関者として捉えた場合の、共同の働きをこそ示唆する「間主観性」でアウフヘーベンにまで帰着させる、という試みを行うことにしたのだった。

スピーカーから流れる『鬼滅の刃』の主題歌を三男に聴かせた上で、瑠璃子は彼にこう尋ねる。「ねえ、この歌どう？」と。

この場合、ノエシスは、「紅蓮華」という曲の、三男による反応を案じている瑠璃子自身であり、ノエマは、「紅蓮華」という曲そのものである、といえる。

間主観性は、瑠璃子によっても、三男によっても、まだそれほど優れた音楽の才能の持ち主であるとは見做されていない、「紅蓮華」の歌い手の射幸心であるのだったが。

「うん、なかなかエキゾチックな曲だと思うよ」

三男は、瑠璃子にこう返す。この場合、ノエシスは『エキゾチック』という言葉で、むしろ「紅蓮華」より瑠璃子本人を志向した三男の愛欲のような気持ちであり、ノエマは、瑠璃子自身の容貌である。

間主観性は、三男からの憧れを以て射止められた、瑠璃子の容貌が、周囲の女性に与える、皮膚のシワ取りを巡る状況であるのだったが。

「ねえ、わたしとデートしたい？」

瑠璃子がそう三男に聞く。この場合、ノエシスは「デート」という言葉から「ホテル」の表象を心に描いてしまう三男の本質を知り尽くしている瑠璃子の思念であり、ノエマは、未だ幻としてしか双方が知覚し得ない、二人の性欲の高まりであり、この場合の間主観性は、二人が本当にホテルに行った場合に、そこにおいて展開されるピロートークである。

「もちろん！」

三男はそう返す。この場合、雪の日の水しぶきのように儚い、三男の性交を求める気持ちがノエシスであり、ノエマは、三男が、自分より濃密な性欲の持ち主だと思いこんでいる、瑠璃子の肉体と尊厳である。

間主観性は、実は肉欲を否定した純愛路線のデートを愉しみたいのかもしれない、双方の気持ちであるのだったが。

「ねえ、わたしと郊外のショッピングモールでデートしたくない？」

瑠璃子が三男にそう聞く。

この場合ノエシスは、瑠璃子の、本当に性的なものを離れて、三男と清いデートを愉しみたいという瑠璃子の気持ちであり、ノエマは、郊外のショッピングモールで、二人が、間接キスを交わすことなく味わう一つのソフトクリームである。

間主観性は、期せずして空振りにされてしまった三男の性欲であるのだったが。

「したい、したい！」

三男はそう返す。

この場合のノエシスは、（むしろ、それを打ち消す衝動が）二重に繰り返されている、三男の性交を志向する気持ちであり、ノエマは、貞淑にスカートを穿いている姿の、瑠璃子の表象である。

間主観性は、意外なほどに冷め切っている、ふたりの性交への欲であるのだが。

「ねえ、わたしと出掛けたら、何が食べたい？」

瑠璃子が三男にそう聞く。この場合ノエシスは、「あなた、わたしを性的に食べたい？」と聞きたい瑠璃子の気持ちであり、ノエマは、隆々とした三男の肉体である。

間主観性は、不意打ちで瑠璃子に性欲の不在を見透かされてしまった三男の屈辱であった。

「さようなら」

瑠璃子は、勝者に相応しい剣幕で、まだ会話に名残惜しそうな素振りを見せる、三男との電話を切ったのだったが。

次に、瑠璃子が哲学的三段論法的論駁で、コロナパンデミックを巡る物事を検証したい相手は、長男と、娘の理代だった。

レトロ好きで、密かに嫉妬深い長男のことだから、瑠璃子は他の男たちとの違いを際立たせるために、古代ギリシャの時代にまで遡って、アリストテレスの形相（実質）と質料（構成要素）を示した後、弁証法でアウフヘーベンへ帰結させる、という形式に拘りたいと思う。

家族三人の食事の時間、瑠璃子の家の食卓に並べられた、数々の献立。それはこの昼、焼き鯵と大根おろし、十六穀米、きゅうりとカニカマのサラダ、なすと豆腐の味噌汁、オレンジゼリーという内容だ。

まず、長男はきゅうりとカニカマのサラダに箸を付け、器用にきゅうりを選り分け、カニカマに、マヨネーズだけ付けて召し上がる。この場合、実質はカニカマをマヨネーズで召し上がった高邁な気持ちであり、構成要素は、勇気と、きゅうりを捨てた卑怯さである、ということになるのだが。

そして、この時点でのアウフヘーベンは、瑠璃子が、必死にきゅうりを刻んだ気持ちが踏み躙られてしまい、彼女は辛い、という事実だ。

次に長男は、瑠璃子が昨夜から炊飯した十六穀米を、「変な色」と言い箸先からつまみ弾く。

この場合、実質は長男の、瑠璃子の労を労うことのない無神経さであり、構成要素は、彼の育った家庭において増幅された我儘さである。

アウフヘーベンは、瑠璃子の、能瀬家からの家出希望の日が、刻一刻と早まっていく、という事実であるのだが。

ここで、娘の理代が登場する。彼女は、瑠璃子の眼にかっこよく映りつつ、きれいに選り分けたかった焼き鯵が、骨ごとぼそぼそと箸の先から落ちていってしまう、という窮状に陥っていた。

この場合実質は、理代は瑠璃子に悪意があってそのような下手な選り分けをしたのではなく、そうせざるを得なかったのだ、と瑠璃子が理解していることであり、そんな事態を招きいれた理代の純正さでもある。

構成要素は、幼い頃から、瑠璃子が彼女にしてきた、ある意味、自主性を過度に重んじさせているように見える、偏った躾と、瑠璃子から理代に注がれてきた、広大無辺の愛である。

母娘を巡る、感動的なアウフヘーベンは、そんな、人の眼に、わざと彼らをいらいらさせているように見えがちな行動をとってしまう、発達障害的要素満載の理代を、ここまで純情な子に育てた、という瑠璃子の、我褒め的要素満載な、自画自賛に帰するのだったが。

我が娘、理代の感動的な行動に少しは触発されていてほしい長男が、次に取った行動は、彼にとって嫌いなものでしか構成されていない、なすと豆腐の味噌汁を、やおら立ち上がったかと思うと、台所に行き、ガスレンジに鎮座した小鍋に流し戻す、という暴挙だった。

この場合、実質は彼の悪辣さであり、構成要素は、瑠璃子が一度も会ったことのない彼の実ママの悪辣さであると言わなければならないのだったが。

アウフヘーベンは、これ以上、マザコン長男のことを矯めることができないのなら、この家を出て、離婚したいのだ、という瑠璃子の気持ちであった。

次に、食事の摂理をまだ理解できない理代が、味噌汁内の豆腐と、マヨネーズ内のカニカマと、御飯の粒を、ぐちゃぐちゃに混ぜた挙句、それらに手を付けず、デザートのオレンジゼリーだけ食べたがるという、ある意味悲惨な事件が起きた。

この場合、実質は、理代がいま、ここにある自分を尊重させられて生きている、ということであり、構成要素は、瑠璃子が一貫して彼女に施してきた、ロゴテラピー的躾である。

天使と思しき娘が展開させるアウフヘーベンは、この、自らの命のような愛娘の存在なくしては、明日にでも、家出用の自分のボストンバッグに、普段使いの財布を投げ込んでしまう、自分自身を巡る真実なのであったが。

さて、火が消えたかのように会話が存在しない、能瀬家の食事の時間が終わろうとして、長男は、焼き鯵を、自らの手先の器用さを瑠璃子の眼にもの見せるかのようにきれいに骨を取り除いたかと思うと、「瑠璃子さんは、こんなにきれいに魚から骨だけ取り分けられるかな……？」と呟いたのである。

この場合、実質は、彼の嫌味が耳に痛い瑠璃子本人であり、構成要素は、妻に嫌味のひとつも言わずにいられない、長男の、家族への冷めた気持ちであるのだったが。

そしてアウフヘーベンは、最早個別に構成員がどう思っているかどうか、の次元を超えて、能瀬家の家族が崩壊しかかっている、という事実なのだった。

時計が午後二時を告げ、瑠璃子はこの時刻になると逢いたくなる次男にも電話をかけることにした。

瑠璃子は次男とも、コロナパンデミックを解明するための質疑応答をしたいと思い、事情を話して応じさせたのだったが。

思考回路としては、二人の会話から、プラトンの「イデア（本当にこの世に実在するもの）」「反イデア（まやかし）」を提示し、アウフヘーベンに纏める、というものだ。

「こんにちは。瑠璃子です」

瑠璃子が、電話口で次男に挨拶をした。この場合イデアは、挨拶をされた側の次男の、瑠璃子を求める気持ちの純粋さである。まやかしは、嫉妬、臆面、遠慮といった瑠璃子の感情である。

アウフヘーベンは、策略や企図といったこの世の夾雑物と根本的に相容れない次男の特性である。

「どうも。僕です」

次男が瑠璃子にそう返す。この場合イデアは、次男は歌手の親衛隊のように瑠璃子を求めているという事実である。

まやかしは、能瀬瑠璃子のこれまでの生涯は、困難で溢れていた、ということだったのだが。

アウフヘーベンは、二人は兄妹のように互いを理解している、という事実だ。

「きょうは、死後の世界の話をしたいわ」

瑠璃子が、次男にそう切り出した。この場合のイデアは、次男と心中したい季節があった、という瑠璃子の回想である。

まやかしは、瑠璃子の彼への深い愛情である。

アウフヘーベンは、次男はそのいずれにも気付かない振りをしていた、という事実だ。

「いいよ」

次男が瑠璃子にこう返す。

この場合、イデアは、「君のすべてを是認する」という瑠璃子への次男の気持ちである。

まやかしは、コロナパンデミックに二進も三進も行かなくなっている、日本の巷間である。

アウフヘーベンは、二人の恋はすぐ、袋小路に嵌ってしまいがちである、という事実なのだったが。

「わたしは、来世の存在を信じてるのよ」

瑠璃子が次男にこう話す。

この場合、イデアは、あなたときっと来世でもお逢いしたいわ、という瑠璃子の衷心からの気持ちである。

まやかしは、来世に関しても滔々と述べることのできる瑠璃子の神性と知性である。

アウフヘーベンは、瑠璃子を、自分よりも知性の高い女性と認めなければならないという次男の苦悩であるのだったが。

「僕も、信じてるよ」

次男が瑠璃子にこう答える。

この場合、イデアは、次男が、来世まで進展させても、瑠璃子と逢瀬をしたい気持ちがある、という事実である。

まやかしは、不倫への衒いと、迷いを次男が持っているということだ。

アウフヘーベンは、それでも、すべての否定的な思いを払拭して、瑠璃子と、こうして時を分かち合いたい、と、次男が真剣に思っていることなのだが。

「わたしはそこは、静かで、人の気持ちを穏やかにさせてくれる世界だと思う」

瑠璃子が、次男にこう切り出す。

この場合、イデアは、そこ（来世）が、充分に静かであることを納得させた上で、次男に逢いたいという気持ちを伝えた瑠璃子の叡智と躊躇である。

まやかしは、瑠璃子よりも雑学的な知をひけらかしたい次男自身であった。

アウフヘーベンは、そんな次男のつれない気遣いに、心底傷ついてしまう、瑠璃子の終始分裂させられた自己であったのだが。

「ねえ、最近、仕事はまあまあの首尾なんだよ」

次男が、瑠璃子にこう返す。

イデアは、瑠璃子の知性を見透かして茫然としたくないために次男が取った防衛手段であり、それこそは、来世から、仕事の話題にシフトさせるということだったのだが。

まやかしは、そんな暴挙を、男らしさと勘違いしてしまう次男の子供っぽさである。

実り豊かなアウフヘーベンは、瑠璃子が堕落していかざるを得ないほど、子供っぽい男が好きだ、ということなのだったが。

「それはよかった。ねえ、よく夢って見る？」

瑠璃子が、次男にこう返す。

イデアは、話題を相手から断ち切られた瑠璃子が、自分から彼に話題を振ってみせた抵抗のことである。

まやかしは、そんな精一杯の抵抗に気付かないほど、次男は、不器用なでくのぼうではない、という事実であった。

アウフヘーベンは、次男は、瑠璃子の懸命な求愛表現に照れてしまった、ということだったのだが。

「見るよ」

次男が、瑠璃子からの問いに答えてみせた。

この場合、イデアは、瑠璃子の心中をのみ、正確無比に見抜いている、という次男の持つ誤った自負である。

まやかしは、三男や、四男の存在を彼には知られたくない、という瑠璃子の気負いであった。

アウフヘーベンは、生死の話のついでを装って、次男に新しい恋人たちの存在を告げることは、真に残酷であるから止めた方がいい、という真理であるのだったが。

「ごめん、夫が来るから」

瑠璃子が、次男の機先を制して言う。

この場合、イデアは、三男や四男とも、生命の根幹を共に慰撫し合うような深い関係に陥ってしまっている瑠璃子本人である。

まやかしは、そのことに関して瑠璃子が持っている、良心の呵責であるのだったが。

そして、アウフヘーベンは、次男にとっては、瑠璃子の明るい家庭の存在を辛うじて認めることをすら、焦眉の急であるのか？　と熟慮に及びあぐねている、という事実だったのだ。

地中海の水の温さに、瑠璃子は不意にゾッとしていた。

するとすぐに、瑠璃子の脳裏は後悔の念に染められていくのだったが。

それは理代のことだった―瑠璃子の分身であるその子は、自分に関する認識も絶えず分裂しているが故に、大勢の人間の前では、彼らの眼には、不躾に映るほど、自己否定的な行動を取ってしまうことがままあるのであった。

例えを挙げて言うなら、理代には物心がついたときから通っている近所のスーパーがあるのだが、そこの魚売り場と肉売り場の境目のコーナーで、彼女はいつも、幼児には曳くのが難儀であるのが傍目にもわかるカートを手に立ち尽くしてしまい、やおら自分を眺めるスーパーの客の群れを眺めているのだ。

さらに、付き添いの瑠璃子にとって間が悪いことには、理代は自らの幼若な好奇心には不釣り合いな、魚群としての、大人の通行人たちの、自分を否定的に眺める老婆心を軽んじてもいたから、そのことで理代を叱責することに血道を上げてしまいがちだし、そうすることが社会的に求められてもいたのであるが、そのとき忘れられがちで、同時に決して忘れられてはいけないことは、といえば、理代はそのとき「ただ」次のコーナーでの買い物に行く自分自身を認められずにいた、という事実だったのだが。

スーパーの無辜の客たちを眺める理代の、不躾で、無遠慮で、不気味なほどに、自らの実存にのみ妥協しないで突き進んでいくような姿勢は、前のコーナーで充分満足しないまま、次のコーナーで買い物するのは気が咎める、という自分の純粋な思いを、無駄に忖度はされたくない、という彼女の頑なさや、ひたむきさと軌を一にするものであることを、瑠璃子は新幹線並みの超速で気付く必要性があった。

つまり、そのとき、居たたまれないような目つきと足取りでコーナーの境目に立っていた理代に声掛けするには、「他の売り場のいろんなものも見ようね（何か、理代ちゃんのほしいものが見つかるといいね）」というものが、最適であったのだろうか？

当時の神ならぬ身の瑠璃子は、スーパーで商品を物色する際にも、自我が分裂してしまい、臆し、結果的に他人に後れを取ってしまう彼女を、完全に自分自身と混同し、適正な声掛けを理代にしてやれないでいることもしばしばであった。

そんな瞬間の理代に感じたものと比較させれば、その十分の一にも満たない情熱と愛で、ただその場と、時間を共に遣り過ごすことに終始しなければならない、二十も年上の恋人がいた季節のことを、瑠璃子は急に思い出していた。

その男との出逢いは、瑠璃子がスポーツジム帰りに立ち寄った、コンビニにて。顔見知りに過ぎない瑠璃子のことを、雑誌コーナーの置かれた窓ガラス越しに、店内に来るように呼び水をしたのは、彼の方だった。

それから、何の気なしに、二人の淡い関係が始まったのだ。

付き合い始めて、すぐにわかったことはといえば、彼が、独り善がりな性格であり、その言動は、多分に自己完結的な衝動に支配されている、という事実だった。

五十も過ぎているのに、彼の言動には、一貫性や、TPOといったものが、ほとんど感じられないか、辛うじて感じられても、ほんの微量であったのだ。

彼は、飲み屋で好きな酒を飲んでは、管を巻いた末に店内で寝てしまうのが常の、幼児的・自己愛的な変人である、と彼を知る大抵の人間からは思われていたのだったから。

　やさしい瑠璃子は、彼を知って、割に早くに失望しながらも、懸命にそのいいところを探すように努めていた。

　瑠璃子の知る限りにおいて、彼の最大の長所は、「教えるのが好きであること」だった。

　複数の仕事に就いた経験の持ち主である彼は、それぞれに特色の異なる職種について、その遣り甲斐から、意外な遂行し辛さについて、手を替え品を替え、瑠璃子に説いてみせるのだったから。

　彼の説明は、企図しない色味と滋養に溢れた、たいへんに興味深いものであり、瑠璃子は、彼が多分に分裂気質である、という自らの先入観を以てしても、彼への興味がいや増していく自分、というものを、異性関係の付き合いを通して自覚していくのだった。

　彼はまた、無二の分裂気質であるのと同時に、他人との付き合いを自分なりに愉しめる人でもあったのだ。

　自分への深い関心を、そのまま他人へのそれに移行させた結果であったのだろうか？　推測は未だに尽きないところだが、終始変わらない瑠璃子の私感では、彼は、あれこれ他人に構ってもらいたがったり、自ら構ったりしようとする前に、自分の観察を目的に、他人様から拝観料でも貰って生活するのが、いちばん性に合っているのでないか?と思わせる趣味人であり、狂騒の人だった。

地中海の「水」は、適温を取り戻していた。

それは、熱く、甘く、瑠璃子の微細な脳細胞を愛撫し、「いま、ここにある自分」がどう立ち居振る舞うのかを、明確に示唆してくれていたのだったが。

瑠璃子は、不意に四男に現状報告がしたくなって、した。

「How are you?」

すぐに、彼から反応がある。ユングの言うところの「シンクロニシティ」という現象が、二人の間に起きているようであり、瑠璃子はついわくわくと嬉しくなってしまう。

すると直ぐに、地中海の水が白く陰り、瑠璃子の脳裏に、彼女がどうしても忘れられないもう一人の男の残像が浮かぶのだった。

その残像は、三男のものだった。

水のように優美に、瑠璃子を慰撫してくれるのが常である四男と違い、三男は、彼女にとって、いわばその存在が、活火山のような男だったのだが。

いつ、何時彼に連絡しても、瑠璃子と会話していない彼は、「そこ」にはいないのだった。

彼は、文字通り「いま、ここ」だけを、全力で生き抜く、人間というよりはエネルギーの全体像であると言えた。

そんな彼だったから、瑠璃子と出逢って一週間で、ふらりとどこかへ消えてしまった。彼女はその後で、宿命的な四男と出逢うのだった。

三男は、その九か月後に、またふらり、と瑠璃子のところへ帰ってきた。彼に見捨てられた瞬間の、自分のみじめさと、さみしさが不意に思い出されてしまった瑠璃子は、気性の激しい三男相手に、これまた激しく毒づいてしまい、四男が仲裁に入るまで、丁々発止やり合っていたのだった。

瑠璃子も無鉄砲だが、彼もまた単細胞で、無神経なのだった。

三男を憎む気持ちと、慰撫し合いたい気持ちの複合体になって、浮き雲のように真摯に、四男の懐に抱かれていった瞬間の自分のことを、瑠璃子は今でも鮮明に覚えていたのだったが。

それは、決して綺麗ごとでは語れないことだった。

三男への愛憎に引き裂かれた自分というのは、欲望に、雲のように巻きつかれた、キメラのような存在であった、と瑠璃子は知っていたから。

それは、そのとき始まったことでもなかったのだ。

すべての男が、瑠璃子にとってはそんな意味を持っていたから。

熱く、どこにも行き場のない思いによって塞がれた、瑠璃子の一日は、いつのまにか終わっていた。

翌朝目が覚めた瑠璃子は、早速、昨日の四人の男たちとの「会話」の検証に入っていた。

四男と自分を繋ぐものは「愛」だった。

他の三人と比しても、そのことは疑いようがなかったから。

彼の存在を「愛」と断定すると、瑠璃子の中で必ず引き合いに出され、どちらが瑠璃子を愛するという行為における主導権を握っているのか、はらはらさせられてしまう存在が、三男なのだったが。

彼は、総じて四男よりも男らしく、こちらを甘えさせてくれる度量もあったが、いかんせん、瑠璃子に行動で与えた傷というものに、彼女は目を瞑れないのであった。

出逢って一週間で、瑠璃子から逃走し、その九か月後に帰ってくるなんて。

四男といると、瑠璃子は、心と魂が、真にやさしく癒されていく気持ちがするのだったから。

未来の青写真の中で、瑠璃子の顔を見比べてみても、彼の傍らにいられる瑠璃子は、他のどの男と共にいる場合よりも真摯に、穏やかに微笑んでいられるのだった。

三男と自分を結び付けているのは「性」だった。

広義の意味においては、瑠璃子は現在自分を取り巻くどの男とも「性」を介して繋がっているというべきだったが、その強度と頻度において、他の男と比べて甚だしいのが、彼なのだったから。

瑠璃子と彼は、互いに魂と肢体に「障害」を生じた親子であったために、腐りを共有し合った頭部が宿命的に離れられない—そんな悲劇に、共に全身を貫かれていると も言えた。

自分に歯向かってくる彼を見るとき、瑠璃子が彼の中に同時に垣間見ることができるのは、「手付かずの自分」であった。随時、四男の中に見得るのは、もう少し客観的に把握された自分であったのとは、非常に対照的なのだが。

言い換えれば、「男であればこういうふうであった自分」を、存在の内に散見され得るのが四男であり、宿命的に、女にしか生まれ変わらざるを得ない自分を、「男」として、その広い心と瑠璃子の存在を鏡のように映し出し得る度量で、包み込んでくれる存在が、三男なのだった。

瑠璃子が、彼と共有する時間の中で、やさしい、または辛い水となって流す涙は、すべて宿命的に、彼女の愛液と同じ価値を有していたのだったから、ふたりの交わりは、その内容如何に関わらず、押しなべて「性交」と定義されるべきものなのだった。

長男と瑠璃子を結び付けているのは「食」だった。

瑠璃子は男性から食事をプレゼントされることが、他の何を贈られることよりも好きなのだったが、彼が瑠璃子に与えてくれる食の中には、彼が未完成な存在であることをも含めても、未来と、未知数において彼女に与えられるであろう安心の種が含まれていたのだった。

つまり、「粗悪品」としての自分を「安物であるが、損はさせない」という図式において、「食」と抱き込んで売りつけた長男の打算が、究極的に保守的な女である瑠璃子によって適切な価格で買われた、というのが、彼女と長男の結婚の顚末なのであったが。

瑠璃子は、性には究極的に何も期待せず、主眼となる学問に加えて、風水学や占星術も学ぶほど学識がある女だったのだが、象徴的に「安定」の意味を持つ食を、極めて東洋的な叡智で以て、結婚の餌として彼女の前にぶら下げる、という彼の捨て身が、拾う神の審美眼に適ってしまったことこそ、彼女の長らく続く苦悩の理由であった。

次男と瑠璃子を繋ぐものは「死」であった。

これは必ずしも彼らと彼らを取り巻く環境が「死」の思念においてのみ顕現化され得る、という意味ではなく、瑠璃子は彼といると、淫蕩で混乱しか存在しない生に早々と見切りを付け、涅槃で愉しく、有意義に居たい、と衝動的に感じざるを得ないのだということとなのだったが。

彼自身の性格は、むしろ滋味豊かであり、性格に起伏も見られやすいのであるが、深くその「人格」に触れるほど、魂と存在の在り方が、タナトス（死の本能）の方向に引き裂かれ、透徹し、それでありつつ凄みがあるのが、次男の彼なのだったから。

共に、「死」と「心霊」に精通している瑠璃子と次男は、家が近いことも相俟って、共に喋り、多くの時間を共有した。男女関係に陥らなかったのは、偶然と、瑠璃子の方が、死を恐れる気持ちを、まだ多く有していたからなのかもしれなかった。

または、彼女は彼といると、「生」を意味するエロスより、死の本能を意識してしまう契機の方が多かったために、動物的な性交には至りにくかったためとも言える。

兎にも角にも、瑠璃子は次男といると、自らの清明な生命と魂の流れを、自らの内に感じ、自分の持てる形而上学と、占星や風水の技術を総動員させて、彼に尽くしてあげられたら、と衝動的に祈ってしまうということなのだったが。

不意に、地中海の水の温度が、自然破壊が危ぶまれるほどに下がった。

瑠璃子はその異変に、外ならぬ実の娘―理代の身の安泰を、本能的に危惧していたのだった。緊急事態宣言から外出自粛が叫ばれるようになる一連の流れの中で、理代は一日に「ママが大好き」だと百回瑠璃子に伝えるようになっていた。

その、瑠璃子をして自己愛的満足に浸らせしめんとする理代の言動は、彼女の母親に、いかに理代の行動と発話が非社会的に思える場合でも、それはすべて瑠璃子への深い愛から生じていることを自分の脳裏に明記させるために、そう試みられてもいたのだったから。

すなわち、日がな一日理代に執着され、追いかけ回され続けた瑠璃子が、就寝時に起立不能なほど疲労していようと、周りの眼を気にせずに非社会的な屈託に耽る傾向のある理代と、精神医学にさほど造詣の深くない、一般の通行人との間で板挟みになった瑠璃子が、どれほど居たたまれない思いに苦しもうと、それは理代の意地悪からではなく、善意から出た行動だということを、心に抱きつつその日一日を終えないことには、彼女の創造主たる神が瑠璃子の眼前で慟哭してしまい、納得してはくれないのであるから。

悪い行いすら、手付かずの善意から行ってしまいがちな子供を育てる際の注意点は、といえば、ついその子の悪事を叱る側の決意が、手薄になってしまいがちだ、ということだ。

叱り手の自我が分裂してしまうが故の愚行であると言えたが、その際、理代の悪意だけを叱責するという目的を遂行するために必要なことは、相手の隠された動機を見逃さない、ということだったのだが。

とどのつまりは、理代の行動の表面的な派手さに囚われることなく、その行動の大元になっている精神の幼若性を、それのみを完膚なきまでに打ちのめすのが、肝要であると言えた。

瑠璃子は、時に理代可愛さに折られそうになる心を必死に奮い立たせつつ、理代の精神の根幹にある幼若さを矯めたのだった。

しかし、表面的には悪行であり、かつ奥深い部分で善行である行いを矯めるという行動は、ただの悪行を叱るという行いよりも、ずっと、瑠璃子の魂レベルでの躊躇と葛藤を必要とさせられるものだったのだが。

理代とは真逆に、善行に見える行いを、手付かずの悪意から行ってしまうのが、瑠璃子の四男であると言えた。

彼は、どんなにささやかに思われる行為―例えば「瑠璃子の健康を気遣う発言をする」というものであっても、その遂行の裏には、自らの満たされない思いを滲ませることを信条にしている向きがあった。

満たされない思いといえば、今瑠璃子の周りのあらゆる方面で話題をさらっているコロナウイルスパンデミックにしても、その根源にあるものはといえば、後進国の満たされない思いに違いないのである、と彼女は思わずにはいられない。

後進国は、経済的及び医学的に、先進国に多大な後ろめたい思いを抱いており、そのようなルサンチマン（弱者の矜持）というものは、後進国が自力で飛躍しようとする決意さえも鈍らせ、巡って先進国固有のプライドさえぐらつかせ、果ては、後進国を利用して、我が国こそが世界において、他国を席巻しよう、という先進国の誤った野心をこそ増長させかねないのだったから。

負の感情は、あらゆるネガティブに思われる現象を呼び起こしかねない、というのが、精神医学を一通り学んだ瑠璃子の偽らざる感想であった。

また、コロナウイルス肺炎を根絶させるためのワクチンの開発が、焦眉の急、と急がされているというニュースを彼女はよく耳にしていたが、抗体の特定に時間がかかるウイルスを根絶させるワクチンは、まさにノーベル賞級の研究であるといえ、それほど人類の進展に有意義なワクチンが、今年中に、などという時間制限の中で、ゆめゆめ順調に開発されるわけがない、というのが瑠璃子の私感であった。

それに、こんなときに、言葉遊びで真相を煙に巻きやがって、という批判を、あえて承知の上で瑠璃子は、こう考えざるを得ないのであるが、「抗体を特定し辛いウイルスの根絶に効くワクチン」というものは、むしろ万能でありすぎ、特定の「疾病」そのものを治癒させる薬剤とは、定義できないものになる可能性があるからなのだが。

つまり「コロナウイルス肺炎を根絶させるワクチン」により根絶させられる従来の「コロナウイルス肺炎」は、むしろこのワクチンの開発と同時に、今現在そうであるほどには重篤な疾病ではあり得なくなっている可能性があり、そのワクチンが、疾病そのものに働きかけてこの病気を根絶させようとする姿勢は、それを形容あるいは定義させようとする言語構造の限界に照会させて、大きな矛盾を孕んでいるのだ、という側面こそは、決して看過されてはならない医療問題として語られるべきなのである。

換言すれば、「万能な」ワクチンが開発されるのと追いかけっこするように、ウイルスの持つ万能性をも増幅させられていくのが、この強靱な感染症の、宿命的な特徴であるといえよう。

さらに言えば、そのように、そもそも成り立ちと構造に矛盾を孕んだワクチン開発に、各国の医療が多大な資金を注ぎ込むという姿勢にしても、言わずもがなである、と言えるのだったが。

何度も瑠璃子の側から繰り返し訴求されるように、このウイルスと、それが引き起こす疾病を巡る問題そのものは、世界の経済的背景と、それによって引き起こされる世界規模での精神病理を抜きに、有意義に議論されることはあり得ないのであったからなのだが。

構造そのものの矛盾が、自家撞着的に齟齬を来させる、という可能性を敷衍させれば、経済そのものの持つ、構造的なあやまりについても、瑠璃子はここで語っておく必要性を感じていたのだった。

つまり経済の発展の末に現れる「予測可能な経済」は、「経済とは、予測不可能な側面を元来有して存在しているのだ」という定義に鑑みるほど、それはむしろ「経済」とは呼べないものなのだ、という不可避で切実な矛盾が、世界経済の存立には、むしろ不可欠なものであったのだから。

かのように、「疾病」も「経済」もそれ自体の意義と意味を見失い、多大なる幻想とそれの付随させられる価値に、その存在理由を増幅させられているということこそが、現代世界における最大の病だ、といえた。

経済発展とともに、世界の人間たちは、「もの」そのものを見ようとはしなくなった。

「もの」とは「物事」の別名であるともいえたのだったが。

要するに、経済生活が豊かになり、今このときは少し事情が異なっていても、医学的にも死病が少なくなるにつれ、人々は本来の物事に、尾鰭を付けたり、そこに装飾品をごてごてとくっ付けて、他者に向けて発信させることにこそ、生活の喜びと基盤を見出すようになってしまっていたのだ。

すると、当然のことながら、物事そのものを見つめ、それを改善、発展させていこうとする動きは希薄になっていく。

物事そのものは、それへの関心が引き上げられても、そこにそのままあるのにも関わらず、である。

我が国日本においても、この傾向は然りで、コロナウイルスパンデミックにしても、コロナウイルス肺炎と、ウイルスそのものは、紛れもなく存在しているのに、それを根絶させようとする真摯な姿勢は、そのことや、付随するように発令された緊急事態宣言の齎す負の側面を、如何に我欲で以て、もしくは我流に従って乗り越えようか、という話題の、表面的な派手さに掻き消されそうな勢いであるのだったが。

物事を、その原点に戻って、虚心坦懐に見つめようという姿勢に不可欠なものはといえば、何よりも「他人と自分を差別はおろか、区別さえしない気持ち」であるといえよう。

いわば「老人だから足が悪い」のでも、「男の子だから負けん気が強い」のでもない。

現象そのものに理由はなく、したがって命を軽んじてもいい、という言い訳も存在し得ないのだから、他人を、その存在論的原点に立ち返って区別する姿勢は、人間的にアウトなのであろう。

このことを、遠く能瀬瑠璃子の家庭を巡る男たちとのパンデミックに置き換えてみよう。

「能瀬瑠璃子は既に能瀬一郎と結婚している」というのが現象である。

すると既に結婚している能瀬瑠璃子に対して、『僕とも結婚してくれ』もしくは

『能瀬一郎と別れて、僕と結婚してくれ』と真剣に訴求するという行為こそが、幻想であることになり、そのことの是非をいろいろ検証する必要性がある。

まず次男はどうだろうか？　彼は時系列的に見て、能瀬一郎―瑠璃子―理代の家庭の存続の可能が、風前の灯に等しいことに気付いた最初の男であり、強いインスピレーションの持ち主である。

しかし、多大なる下心を持って瑠璃子に接近する際に、母親を懐柔する手腕を見せてきたことが、瑠璃子にとってはいけすかなかったのだ。

次男は多分に常識を重んじる男だが、瑠璃子に接近する際にも、その点についてはもう少し才知を利かせて、「瑠璃子に母親的な女性を求める気持ち」を、隠しつつそう遂行してほしかった、というのが、彼女の偽らざる気持ちであったのだから。

なぜなら、日本の離婚と、崩壊した家庭を巡る事情には、九十パーセントの確率で、男性の側のマザーコンプレックスが絡んでいるからである。

実の性行為をも含む、男性―彼の母親間で行われる「浮気」には、「精神的に、自分の妻よりも、自分の母親の方の存在を重く扱う」「夫の立場にありながら、自分の妻の容姿、性向などの難点を、自分の母親とともに論う」といったヘビーなものをはじめ、他人の女性と行われる浮気にも引けを取らないばかりか、さらに性質の悪いものまで、実に枚挙に暇がなく存在するのであるが。

能瀬一郎は、瑠璃子の食事に付ける苦情があまりに多岐に渡り、しかもその行為にこそ、嘘偽りのない、彼本来の人柄の悪さが滲み出ていて、ない頭と能力で、必死に彼の食事を作った瑠璃子に、「これは既に他界している一郎ママの悪影響からに違いない」と勘繰らせるに充分な悪知恵の土壌を孕んでいたから。

次男に関して言えば、要するに、瑠璃子に惚れていた次男は、若者のガールハントのようなノリで、瑠璃子にアプローチしていれば、彼女は確実に次男の手に堕ちていたであろう（ああ、なんと困ったことにも！）。

孤児院育ちの米国軍医の三男と四男は、その点は母親からは自立していたと言える。

なぜなら、母親が死んでしまっていないのだから、自立せざるを得なかったというのが実状なのである。

しかし、そういった背景がなくても、アメリカは父権社会であり、いつまでも母親から自立できないマザコン男は、周囲の人間から軽視されるきらいがある、と言えよう。

三男と四男は、強烈な男根主義的思想を持っていて、男は財力と征服欲にこそ、その本懐がある、と説き、瑠璃子にプロポーズを含むアプローチを掛けてきたのだったが。

瑠璃子にとっては、結婚とは、性愛の発露の場ではなく、むしろ生活を淡々と熟す場であったから、彼らの性欲は幻として暗礁に乗り上げたのだった。

それならば、彼らをしてそうせしめた日米社会の思想的潮流とは、いかなるものであったのだろうか？

米国社会においては、なりふり構わず「男らしさ」を誇示することが持て囃され、日本社会においては、彼女や奥さんよりも、自分の母親を尊重する姿勢が「やさしい」ことであるかのように称されている。

しかし、次男は本当に、母親を懐柔する方途でしか瑠璃子にアプローチできないようなただの意気地なしだったのだろうか？

答えは否である。

人に迎合してしまう「やさしい」性格の彼には、硬質な男性の要素が少なからず含まれており、それだからこそ瑠璃子は彼を助けたのだったから。

不意に、地中海の水面に涼しい風が吹き、激甚な怒りが瑠璃子の胸に去来していた。

それは瑠璃子の三男と四男に対するものだったのだが。

闘争本能を以て瑠璃子の家庭を壊そうとしてきた彼らのことを、彼女は決して許そうとは思わなかった。

なぜならそれは、最も安易かつ、自己保身的な行動であるからであり、男性の本能が闘争本能に根差していることを熟知した蛮行である、というべきだからであった。

それならば女性の本能は何なのかといえば、瑠璃子はこう思うのだったが、それは「性欲」であると。

これは必ずしも女性の方が男性よりも他者との乱交に至りやすいという意味でなく。

女性の方が性を本能に基づいて訴求していて、「性」によって選ばれた事案によって、生命そのものの進む道を決定されてしまいやすい、という意味だろうか？

是。しかし、もう一つ忘れてはならないことがあるのだった。

それは、女性は性によって「至高感動」を抱いて生まれかわることができる動物である、ということだったのだが。

瑠璃子の人間解剖図によれば、生まれつきの人間そのものには、経験値に即したそれとしての至高感動は付されていないのだった。

それはあらゆる価値から自由な白い肢体、またの名を宇宙の浮遊物とでも呼ぶべき存在であるからなのだった。またそれは、まだ至高感動（人生を揺り動かすような、喜怒哀楽の感情）は知らない存在だ。

男性は、「性」の浮袋を得、他者に預ける形式を介してしか、出産、育児を経験したことの結果として、さらなる高みを得た生に飛翔することはできないのに反して。

女性は「性」の浮袋を得、そこに至高感動の付加価値を得ることで、何度でも有意義に生まれ変われる存在なのだ。

次男との「恋」は、さらに理知的で生産的な「virtual sex」の在り方を瑠璃子の前に提示させたのだったが。

精神分析の大家フロイトによれば、性が日常の衣を被ると、「錯誤」と「否認」という二つの事象に転化されやすいのだという。

つまり、道でヒールが折れて倒れている女性を助ければ、そこに生ずるのは「性交」であるということになるのだが。

いささか荒唐無稽な説に基づき鑑みるほど、瑠璃子はその日常における行いや、発言において、たびたび過失を犯し、また現実認識に関しても、自分に都合の悪い事実を否認して、その場を遣り過ごしている頻度が極めて高いのだ、と言わざるを得なかったから、やさしく瑠璃子を加護しようとした次男と性交に至ってしまった模様だ。

男性の性欲とは、征服欲と保護欲で構成されているから。

滂沱の涙を流すほど、次男に逢いたくなってしまった瑠璃子は、さらに個人の発言を巡る日米社会の解釈の違いについて考えを進めるのだった。

アメリカ社会においては、明確な論旨を持つ発言が高く評価され、それとは逆に、日本社会においては、あいまいな表現に終始することが美徳とされる。

これはなぜかと言えば、やはりアメリカが父権的社会であり、日本が母性的社会である、ということに尽きるであろうが。

まず日本から考えてみよう。

厳密にいえば、日本が母性的社会であるから、人々が歯に衣着せぬ物言いを好まないようになる、というのは矛盾した言説であると言える。

なぜなら、幼子に構築された言葉を教え、その発音や構音に至るまでを慈しみつつ見守るのは、母という存在であるからなのだが。

母親とは、元来子供に言語を習得させることに優れている存在であり、それにも関わらず、母親たちは、むしろ自らの家庭における利を鑑みて、自分の子供たちにあいまいな言説を呈させることを好んでいる、というのが、瑠璃子により導き出された仮説である。

要するに嫁した立場にある母は、家庭において夫やその両親から、自由な言説を奪われがちである自らの身分を知っているが故に、その分身である子供たちからも、言説の自由を奪うことに終始しているのに違いないのだ、と瑠璃子は仮定してみせるのだったが。

対するアメリカ社会において、そもそもの美徳とされている、歯に衣着せない物言いについてであるが、それと何を掛け合わせれば、「万人の幸せが追求され得る社会」が止揚され得るのか、といえば、「一歩譲って他人の意見に耳を傾ける謙虚さ」であることは想像に難くない。

しかし、実際のところ、移民の流入が絶えず見込まれ、様々な人種が、自己主張を発揚させられ続けている国家において、安易に他人の意見に耳を傾けることは、危険な愚行である、と受け取られかねないのであろうが。

「歯に衣着せない物言いが正しい」に与えられるジンテーゼは、「それであるがために、もっと必要悪としての露悪的な行為が絶えなくさせられる」とでもいうべきものであり、そこには根深い人種間の争いも散見され、止揚はない。

要するに、アメリカは総人口が滅法不幸な国家であり、日本は病んだ母親に国家クラスの言説の行方をも握られている、たいへん窮屈な国である、と言わなければならない。

よって、能瀬瑠璃子の家庭を巡る男性たちのパンデミックにも、止揚はないのかもしれない、と彼女は感じた。能瀬瑠璃子の長い一日が終わりを告げた。

翌日瑠璃子が目覚めると、理代の幼稚園再開だ、とかいう一日が始まっていた。パンを口にしていても、目玉焼きを頬張っていても、「ママと離れさせられる幼稚園に行くことはno thank youなのだ」と言い張る理代の言論を封じ、同時に彼女の口からはみ出した卵の黄身の汁を拭き取り、四苦八苦して制服に着替えさせ、園バスの来る、近隣のバス停に同道した、というところまではまだ瑠璃子のroutineとしていい。

それからが望外に骨が折れたのだったが。

目玉焼きをまだ食べ終わらず、玄関にまで持っていってもそれを完食したい、と言い張る理代に同意した件が、そのときになって悪影響を与え出すとは瑠璃子には想定外のことだった。

ママとのしばしの別れの涙を流す理代の口から、歯に挟まっていた白身の滓が、まさに園バスに乗り込んだタラップにおいて、地に落ちたのだ。

それを拾い、ついでに丹念に理代の口を拭い、再び口から落ちた黄身で彼女のシャツが汚れる様を所在無げに見送ってから、単身に返った瑠璃子はこう思わずにはいられなかった。

女性特有の仕事には、そこにこそ人生のエッセンスが詰まっているのだ、としか思われないほどに煩瑣な作業が多く含まれがちであると。

男性の特性が必要である、と一般に言われている会社において、例えばコピーを取る、というひとつの業務に、育児において母親が担わされている専門性が付加されたなら、その会社の運営はたちまち立ち行かなくなるであろうことは、敢えて秘密警察を呼んで検証させるまでもなく明らかであるのだから。

瑠璃子はたった今、こう思うのだった。

「女性の性に、男性にはない悦のエッセンスが含まれているのは是認されるべきだ」と。

それは、他者との乱交を是認するということではなく。

要するに、女性が自らの煩瑣な作業に満ちた生の代償を、男性の側に求めるとするなら、それは「性」における選択の自由さを彼女に与えるということをおいて、外にはない、ということだ。

男性諸君、妻や彼女が、ちょっとくらい他の男性に目移りしたっていいではないか、と瑠璃子は反芻せずにはいられないのだったが。

女性は身籠れば、一生その子供からは逃れられない性を持った生き物なのだから。

瑠璃子は、こう思わずにはいられない自分を、女性礼賛者であると認めながらも、同時に、男性を無暗に嫌悪してはいられない自分の存在にも気付いていた。

つまり、男性特有の性が、閉塞した、寂しさと悲しみに満ちたものであることには、一般的な女性よりもよく精通しているといえたのだった。

その悲しみは、さらなる性交によって増幅されて、結果的に本来の宿主に計り知れないほど多いなる実りを齎し得る種類のものではないけれど。

男性の性は、一回毎に完結された、単細胞な性質のものだったからなのだが。

男性諸君よ、妻なり彼女が、自分にばかり一途なようには見えない、という理由で、彼女らを責め立てたなら、彼女らが結果的にどれだけ傷つくものなのか、考えてみたことがあるのか？　瑠璃子は不特定多数の男性の魂に、こう畳みかけずにはおられない。

自分の不器量、不能性によって疲弊させた自分の妻なり彼女を、さらに言葉で糾弾したりしたら、個人差はあれども、弱い女性であれば、死んでしまうだろうと思うのだったから。

だから瑠璃子は、四男が、自分のＳＮＳにアクセスした時刻を調べ上げ、事もあろうに、なぜ早々に、外ならぬ自分にメールの一本も寄越さないのだ、と彼女を責め立てたとき、魂がどっと疲れ、傷ついてしまった自分の存在に気が付いていた。

男性は、なぜ、その身の回りに厚い石の壁を積み上げることで、自らの存在を周囲から籠城させ、その城に誘き寄せて女性を我が物にするわずかな時間と、微々たる悦楽の言葉の中にしか、自らの愛の発露を見出せないのだろうか？

瑠璃子は、時として無防備と思われるほど、多数の男たちの声に耳を傾け、場合によってはその結果として、多重人格を来すことで苦しんできたから、男たちのかのような心理については、全く理解を超えていたのだったが。

嫉妬深いといえば、外ならぬ夫たる自分の長男は、四六時中瑠璃子の周囲を嗅ぎまわって、自分に従順であるのかを調べ上げていた。

例えば、瑠璃子と一郎と、理代の三人家族でサーカス小屋の見物に行ったとする。

その場合、風流人である瑠璃子は、催しが終わった後で、どのパフォーマンスが一番良かったのか、を一郎と理代に聞くことが多かった。

すると、理代は素直に「空中ブランコ」と答えるのだ。

そして、その回答は、理代の、空中ブランコを見ていたときの行いと、大抵一致するから、瑠璃子としては彼女の意見を割に安心して聞いていられるのだ。

対する一郎は、といえば、その回答が、あまりにも瑠璃子の理解の範疇を、突拍子もなく超えているのが常なのだった。

例えば彼は、こう答えるのである。それは「ピエロの球乗り」であると。

しかし、瑠璃子の記憶を繙く限り、一郎はその球乗りの時間、居眠りで、薄目を開けてそれを眺めていたのに過ぎないのだった。

さらにその理由を彼に聞き進めると、彼は興味深くも、こんな答えを献上するのである。

「だって、あのピエロの男は、瑠璃子さんと同じくらい毛深かった」と。

その時は冬で、瑠璃子は全身を長い服で完全防備していたために、外から見えるのは、鼻の下の産毛のみであり、その毛と、ピエロの男の、主に顎髭の生え方と量を、取り急ぎ見比べた上での発言であったのだろうが、ここで瑠璃子は、彼がなぜそんな発言をしたのかを、弁証法的に考察してみたくてたまらなくさせられるのであったのだが。

テーゼ「能瀬一郎は、妻や家族と行ったサーカスの催しで、自分の妻と同じくらい毛深かった球乗りのピエロの男と妻が、実は以前から不倫関係にあるのではないか、と疑っている」

アンチテーゼ「でも、ふたりは球乗りの催しの最中も、目を合わせたり、符牒を見せたりすることもなかったから、彼らは実は無関係な他人であるに違いない、と能瀬一郎は感じた」

ジンテーゼ「彼の予感が正しいと、後にわかった」

そうなのである！

能瀬一郎は、そうとは見られないように防備することを厭いもせずして、瑠璃子の素行と、貞操に関して、全く嫉妬深いのだったから。

能瀬一郎に限らずとも、彼女のことを好きだとか言う男は、皆一様に彼女の素性と、貞操の正しさについてむしろ懐疑的に嗅ぎ回るのが常なのだったが。

そして、そんな男性たちの全てから、本気で愛され、守られたいという願望を持った瑠璃子の恋愛を、本気で「TOO　MUCH　FULFILLEDであり、同時にHURTING　MANである」と言って糾弾してきた男がいた。

それは瑠璃子の三男であった。

彼の言うTOO　MUCH　FULFILLEDとは、過度に遂行されている、というくらいの意味を持ち、HURTING　MANとは、それが故に男性が深く傷つけられるのだ、というくらいの意味を持つのだが。

三男のJAMESは、瑠璃子が、複数の男性から愛を享受する条件として、彼女の側も彼らの全てを分け隔てなく、しかも全力で愛するように努めている、という事実には盲目であったのか、または、その事実を知っても尚、瑠璃子を淫蕩な女だとして糾弾したい気持ちに変わりがない、ということなのか、彼女は折を見て検証したいとは常々思ってきていたのだった。

男性の生産的と思しき意見には、極めて懐疑的な感情を持ちがちな瑠璃子が、自らの性愛志向の持つ正義を、否定されるに至っても尚、三男の意見に耳を傾けるのには、彼の持つ旺盛な経済力と、そのことに関する彼の解釈にあった。

彼は、莫大な資産を稼ぎ得る男であり、そういった意味では経済を席巻し、かつ同時にそれを超克していたのだったから。

要するに、彼は「お金を稼ぐ性」としての男を、高く評価しながらも、人間を、その経済力においてのみは評価しない、という正義感に満ちた、それでありながら透徹した考えの持ち主であったのだ。

彼の「完璧な」経済力を前にすると、瑠璃子は、自らの「人間を袋を包含する体」と捉える、独特の解釈の在り方の是非を、真摯に問わずにはいられなくなってくるのだったが。

すなわち、女性の体《たい》には、男には持つことが許されない性の浮袋が含まれており、それが単独で女性のみを「飛翔」させ得るものである、という事実を、だ。

ここまで考えてきて、瑠璃子ならこう推察し得るのであったが、三男は、瑠璃子が、女性のことを、性の喜びを特権的に享受し得る存在と規定していると思い込み、その咎において、彼女を糾弾するのではないか、と。

しかし、瑠璃子は、男性が性の喜びを享受することについては、むしろ肯定的な意見の持ち主ですらあった。

たった一つの事実を、男性諸君が忘れないという条件下なら―すなわち、女性が、必ずしも性に限定されない、換言すれば、白い性の浮袋を別の生の可能性に転化し得る能力と可能性を秘めた、男性よりも量的に多く、かつ質的にも豊かなエネルギーの集合体である、という事実をだ。

かならずしも、「子供を産む性」にフォーカスし過ぎた女性崇拝論を、甘受する意味合いも排しつつ。

真の意味で自我を統一させて、仕事に向かう三男の存在を目の当たりにすると、瑠璃子は自我を極限まで分裂させて愛の遊びに興じるだけの自分自身も、その分身である理代も、そして精神分裂症型の依存症と瑠璃子に冠されて久しい四男の存在をも、神の審判の下に照らし合わせずにはいられなくなるのだったが。

パイロットとの淡い海のような恋の顛末を瑠璃子の咎に帰さしめようとしてきた四男の自分への悪意を、自分は決して忘れることはないのに違いない、と瑠璃子は確信していた。

彼は瑠璃子への悪意に満ちた言葉を自身の唇に乗せ、それを瑠璃子に包み隠さず伝えることで、瑠璃子にこう言わんとしていたのだったから。

「おまえなんか、普通の男に愛されるのには、百年かかっても無理なんだ」と。

たしかに、そのパイロットは、鬱にもトラウマにも支配されていない、精神的に自由なタイプの男だったのだ。

どうして藪から棒にそんなことを言うのだ、と瑠璃子は当時、たいへん面食らってしまった記憶があるのだが。

だって、と瑠璃子はこう思ったのだった。

「いわゆる普通の男から愛されることなくして、女は決して、自分の生の完結に効果的な性の飛行をすることはできないのだから」と。

瑠璃子の辞書には、女性の定義とは、不時着用に、性の浮袋を、他者と競争するようにいくつも装着させられ、半永劫に続く生の飛行を続けることなくしては、その生物学的基盤から、命が燃焼させられていく存在と書かれてあったのだから。

どれほど深く考えても、彼女の周りには、ひどい精神分裂気質で、自らの家庭を自分で崩壊させかけてしまっている長男と、対人恐怖型の次男と、常日頃から激しい怒りに人生を支配されてしまっている三男と、重篤な多重人格かつ精神分裂症に人生を荒廃させられてすらいる四男のような男たちしか散見されないのであった。

精神病型の男たちから愛されると、問題になることが一つあった。

それは、彼らが愛の不時着に陥らないように、女性である瑠璃子の側が気を張って彼らを守ってやらなければ、二人は恋愛から性交にすら至りにくい、という真実であり、瑠璃子の性の悦びの成就は、悉く後ろ倒しに追いやられていくのだ、ということだったのだが。

そこにまで考えが及ぶと、瑠璃子の脳裏に、自分が遥か若かった時節に交遊した、ある男性の面影が浮かんだ。

その人と出逢ったのは、瑠璃子が最初に入社した生命保険の外交の仕事においてであった。

二人は、出逢ってから割にすぐ知己になり、瑠璃子の会社の生保加入に必要なアンケートを渡す、とかいう小用で逢った際に、ひょんなきっかけから、彼女は彼とホテルに行くことになったのだった。

そこで、瑠璃子が見たものは、日常の倦怠から自由になった瞬間の、ある種あけすけな壮年男性の姿だったのだが。

ホテルの部屋に着くなり、彼は瑠璃子の手足が、彼が夢に描いていたものよりは細くない、と散々こぼしてきたのだ。

それだけでも、繊細な瑠璃子は傷ついたというのに、瑠璃子に毒づくことで、落ち着きを取り戻した彼は、こともあろうに過去の自分の女性経験を、我褒めを含ませつつ、滔々と述べ出したのだった。

その後で、取り留めのないような性交を、彼らはするにはした。

瑠璃子はその顛末がショックなあまり、彼との性交の全容と、果ては本当に彼と性交したのかどうかの事実さえ忘れてしまったのだったが。

しかし、彼との交遊は、疑いようのないある事実を、瑠璃子の面前に期せずして突き付けるという結果を齎したのであった。

それは、瑠璃子は愛のコスト・パフォーマンスが悪い女である、ということだった。

瑠璃子はそれまで、自分と性交に挑まんとした男たちの内に、性的不能に陥る者が多いことや、自らが、男たちとの性交の事実を忘れてしまいがちである、という傾向を、むしろ相手（男性）側が、自分に深く気持ちを有しているためである、と身勝手に規定した挙句に、自己満足に陥っていたのだったが、事実は逆であることを、かの会社を経由したナンパをしてきた彼が、瑠璃子に気付かせてしまったのだった。

それは、性行為の回数が多い割に、性的に絶頂に達した記憶が、ほとんどないに等しい、というあけすけな事実とも表裏一体的に瑠璃子の潜在意識を支配し、自分は女として、他の女性たちのようには「跳べない」女である、という劣等感で以て彼女を苛む結果をこそ齎したのだったが。

強がりから、実際に泣くことがほとんどない瑠璃子は、その後、心で密かにたくさん涙した挙句、「いつか、絶対に人並みに『跳べる』女になるのだ」と決意したのだった。

瑠璃子がまだ学童期にあった時分『飛ぶ夢をしばらく見ない』というタイトルの映画が公開されたことがあって、彼女はその当時、そのタイトルに理由なき嫌悪感を抱いたことがあった。

それが何故なのか、幼い時分に瑠璃子はずっとわからないままだったのだが、やはり瑠璃子自身が生来、自分の内に深く有している、跳ぶことそのものへの嫌悪感とトラウマが為さしめた業だったのだろうか？

生まれてから割とすぐに、多重人格に陥ってしまった瑠璃子は、跳ぶことへの憧れと嫌悪感を、自分の中で一体化させて、こと（性交）に及ぶことは、まだ二十代だったその時既に、至難の業となってしまっていたのに違いないから。

時を超え、齢四十半ばに差し掛かった瑠璃子は、その男との恋の到来によって初めて、跳ぶことへの憧れを自分の中で消化できるようになっていた。

彼との交際は、メールでの会話が主だったけれど、その、世界中を旅するのが生業の男との拙い交際の時間、瑠璃子は自分の心と身体が、文字通り羽のように軽くなるのを感じていたのだったから。

世界中の綺麗な姫の銅像や、涼し気な公園の噴水の写真などを洒脱に送ってくれる彼の優しさに酔っていたら、四男からのテレビ電話が入ってきた。

「WHAT　ARE　YOU　DOING　NOW？」

好きだった冷たい声も、抑揚を感じさせない話し方も、そのとき既に瑠璃子の傘下にあるものではなくなっていた。

ひょっとして、敏感な彼は、瑠璃子の深刻な心変わりに気付いて、それを払拭させようと、電話を寄越してきたのかもしれなかった。

瑠璃子の方も、急速に彼への関心が冷めていった。

それはテレビ電話の向こうの彼の出で立ちも、存在も、訝しげに思われるほど重かったからなのだが。

二人は、その瞬間、その場における感情をも共有し合った。

兄妹のような関係のふたりは、いつしか自分自身の骨を愛でるような気楽さで、互いの存在の内に散見される咎を嘲笑うようになっていたから。

たった今瑠璃子は四男にテレビ電話してみることにした。

「おはよう」

「おはよう」

「きょうは、ハイデガーの『技術への問い』を一緒に読みましょう」

「いいよ」

「さっそくだけど、わたしちょっと前、二週間ほど、インスタで出逢ったパイロットと付き合ってたじゃない？　あなた、あれ覚えてる？」

「ああ、忘れないよ。俺はひどく傷ついたから」

「そう？　あなた、あのとき、『パイロットはただ、機械を動かすだけの仕事だ。俺の医者とは違う』って言ってたけど、やっぱり今もそう思ってる？」

「ああ、思ってるよ」

「突然だけど、ハイデガーの用語で『用立て』って知ってる？」

「知らない」

「あ、そ。あのね、それはね、現代技術が、自然からエネルギーを奪うことなの」

「へえ」

「わたしね、あなたの医者の仕事も、看護師から『用立て』してると思ってるの」

「何を？」

「労働」

「………パイロットは？　パイロットだって、スチュワーデスから用立てしてるじゃないか？」

「いや、医者の方がひどいから。時間の拘束と、労働の過酷さにおいて、看護師の」

「……何が言いたいんだ？」

「だから、わたしね、認めてほしいわけよ、パイロットの仕事も、医者の仕事も、同じように、社会にとって有用だって、あなたに」

「いや、無理だ。だって、たった今スマホで調べた情報によると、ハイデガーの『技術への問い』ってやつは、『用立て』を超えてアレーティア（真実を明るみに出すこと）をして、その透徹した視点の中で、一介の哲学を詩作などの芸術の域にまで高めて、それを皆と共有することで、持続可能な社会を実現させることを目的に書かれた本だろ？　そう考えると、やはりパイロットより医者の方が……」

「あのね、あなたね、パイロットの仕事と医者の仕事と、どちらの方が社会の円滑な循環に役立ってると思うの？」

「医者だ」

「違うから。じゃ、聞くけど、今、空港にいるとして、『これから不可避の事態が起きて、自分が乗るはずの飛行機の機体が飛ばなくなったらどうしよう？』って気にするのと、『これから自分の身に何かの体調不良が起きて、飛行機に乗れなくなったらどうしよう？』って気にするのと、どちらがどれだけ社会にとって有用な心配だろうか？」

「何が言いたいんだ……？」

「社会的に不可避の事態が起きて、飛行機が飛ばなくなる可能性の方が、人の体調に不具合が起きて、飛行機に乗れなくなる可能性より、遥かに高いわ」

「そうか？」

「そうよ。だって人体は、ミクロコスモスとも言って、小さな宇宙だから。宇宙に何か異変が起きるのと、機体が不可避の事態で飛ばなくなるのとじゃ、明らかに機体自体が飛ばなくなる可能性の方が高いでしょう？」

「まあ、それは認めてやる」

「だから、その職業の遂行における不可避の対象に何か異変があったら困るな、と感じる有用性がより高いわけだから、パイロットの仕事は、医者の仕事よりも有用なのよ」

「それは、いささかこじつけだな！」

「そう？　それじゃ、次に両者のアレーティアの有用性を比較するけど、医者は、どんな真実の開蔵（明るみに出すこと）に寄与してる、っていうのよ？」

「病気の原因を日夜究明しているが」

「病気の性質が良いか、悪いか、を究明したって、それほど社会貢献にはならないわ。そうじゃなくて、例えば善人が得をして、悪人が罰せられる、っていうような意味で、どれだけ社会の不正を、医者の仕事は暴き出してる、っていうのよ？」

「…それは、ほとんど、暴き出しているとは言えないかもしれない…」

「そうよね？　医者は使命感にさえ燃えれば、どんなに悪い人でも助けられちゃうわね？」

「…まあ、それは否定できないかもな」

「じゃ、ジェロ、歌うたって」

「は？」

「あなた、このままいくとパイロットに大敗しちゃうわよ。彼は、反社会勢力によって、機内に拉致されても、それらと戦い、乗客の命を守らなきゃいけないんだから」

「あーかーい　こーはーなーがーー」

「ペーソスが足りない！　何よ、その歌……」

「ペーソスって何だよ……」

「だから、あなたは存在自体がコミカルで、歌にも悲愴が足りないって言ってるの」

「何だよ、俺のこれまでの人生は、けっこう悲愴で……」

「だ・か・ら！　そこが面白いの！」

「人の人生を勝手に面白がるな！」

「勝手に面白がるのがコメディでしょ？」

「…………」

「あなた！　悔しがってる場合じゃないわよ！　そこはそれ、医者の仕事の方が、より持続可能な社会の実現に貢献してる、って、あなたのコメディの力で貢献すれば、パイロットに勝てるわよ！」

「そうか？」

「もちろん！　やろ」

「いいよ」

「じゃ、携帯スピーカーにして、そこにある、自分が一番、頭に載せたら受ける、って思うもの、載っけてみて」

「ああ、いいよ。載せたよ」

「……ちょっと受ける。何ごみ箱なんて頭載せてるのよ……？」

「受けた……？　良かった」

「じゃあさ、今度、自分が一番、頭に載せても面白くない、ってもの載せてみて」

「…なぜだ？　…載せたよ」

「ちょっと、やだ、さっきより面白いんだけど！　ボールペンなんて意味のないもの頭に載せて、こんなに笑いが取れる、ってことは、あなたはやはり『無用の要』の人なんだ！」

「無用の要って何だ……？」

「『意味がないということそのものが、意味があって面白い』というくらいの意味よ」

「なんか、難しくてややこしくなってきたよ…」

「医師の国家試験通ってるなら、理解できるわよ。もう少し付き合ってよ」

「いやだよ」

「わがまま言わないでよ。あなた、お尻に火が点いてるのよ。医者の仕事が、持続可能な社会の実現に役立つことを、証明できない限り、あなた確実に、パイロットのジューンに負けるわよ」

「そんなこと言うな！」

「しょうがないじゃない！　だって、それが真実なんだから。あなたは、マフィアに匿われても、乗客の安全を守らなきゃいけないジューンの仕事の要に負けたのよ…」

「やる！　そんなこと君が言うなら、やる！」

「LET'S　SINGIN　IN　THE　RAIN……って歌って」

「LET'S　SINGIN　IN　THE　RAIN……」

「骨がかくかく鳴っちゃうほど、笑ったよ、今」

「え、ほんと?」

「うん。こんな物悲しいメロディーと歌詞の曲で…あんた、すごいよ、やっぱ」

「なんか、やる気が出てきたよ」

「ABSURD(不条理)って、『人生に意味がないと感じられる世界の地平で、愛のない無常の世界を知ること』って定義の文学用語なんだけど、それが志向するものって、愛がないからこそ残酷でありながら、高度の滑稽さよ……」

「不条理か……そこはかとなく惹かれる言葉の響きよ……」

「うん、あなたは、『不条理』ってプラカードぶら下げて、町を闊歩してるクラスの上級コメディアンよ」

「ほんとか?」

「うん。何も持たないでも……」

「なんか、俄然、やる気が湧いてきたよ。俺、ジューンに勝てるんだろ…?」

「もちろんよ」

「じゃ、やる! 瑠璃子、俺にもっと命題出して!」

「はい。命題1。お月様の中のうさぎが手に入れたくて、泣いている子供が、ここにいます。何と言ってなぐさめますか…?」

「うん、月にうさぎを取りに行くのは無理だから、と一言断って、折り紙で折ったうさぎを手渡して、その原材料のひどい安さに共鳴した事象だ、と言って、子供の前で、一度パンツを脱ぐ！　下流の共鳴、って一言、付け加えて。どうかな？」

「いい！　下劣で！　下流で下劣、最高に面白い。ほんとにやってみせて」

「……やったよ」

「いい！　下劣の美が、最高に出てる。面白い！」

「うん」

「もう、パンツは穿いて」

「穿いたよ」

「命題2。地震だ、地震だーと騒いで、椅子とテーブルの脚をぐらぐら揺らすのが大好きな男の子がいました。この男の子は、例の如くに、だんだんと皆に信用されなくなっていくんだけど、ある日本当にこの男の子が地震の悲哀に遭っちゃった瞬間のペーソスを、可能な限り面白く演出してみて…」

「わかった。お安い御用さ。彼は、皆に嫌われているわけだろ？　そのことを、二重に肯定してることの表明として、取り敢えずは、級友の女の子を一人誘拐させるよ」

「おお！　なぜ？」

「だって、嫌われてるから自分の側に誘致して、さらに、自分が満場一致で嫌われていることを知ってることとの証明として、彼女を誘拐したまでだ」

「わかる！　わかる！　笑いの抑揚ね。そのあと、どうなるの？」

「揺るぎない覚悟で自分の側に呼び寄せた彼女に、藪から棒に、お正月の風物詩の鏡餅を手渡すんだ。そこで、ジ・エンド！　……つまり、嫌われ者のその男の子に、来年は来ることはない、っていう、強烈なペーソス！　大どんでん返し！　のラスト！」

「おお、逆説に帰させたのね、ストーリーを。超面白いじゃん」

「うん」

「命題3。毎晩『今日が最後の晩餐』と言って、豪華な食の宴を催すことで、食品会社に多額の利益を帰さしめる代わりに、ただで自分の身の警護を担わせている、超極悪人がいました。この彼を、一瞬、魂がひやっと凍り付くほど懲らしめてください」

「一瞬、ひやっと、でしょ？　お安い御用さ！　それならね、やることは一つ…彼の知らない、実際には彼の贔屓の食品会社の姉妹会社かなんかのアパレル会社に依頼して、彼の自宅のファックスに請求書を送らせる。もちろんフェイクの」

「フェイクの？　わざわざなぜ？」

「毎晩、ご馳走を食べてる悪人でしょ？　素直に彼は太りすぎていても、逆に特異体質で細すぎても、そのどちらに転んでも、自意識の高さから、服に全く無関心の輩ってことはあり得ないから、アパレル会社からのファックスは、無視できるものじゃないはずだよ。〝一瞬ひやっと〟だからね？」

「おお！　彼は思うんだ？『俺なんか身に覚えのない服買ってたかな？』と」

「でしょ？」

「うん。〝予定調和の美〟という感じ。さらに、その話に裏話があって、彼のゆかりの食品会社と、彼にフェイクの請求書を送ったアパレル会社が、ひそかにライバル関係にある、ということだと面白い」

「どういうこと？」

「彼の体型を巡って—太すぎても、逆に細すぎても、標準体型の人御用達の服は売れない—そのアパレルが、キングもしくはフェアリー体型の人に特化してはいない、という前提付き。どうだ！」

「うん、ライバル会社が、特異体型の彼を騙すことの信憑性がより増すね！」

「面白いよ！　お姉さん」

「…ん？　わたしは〝姉さん〟？」

「うん。笑いの姉さんだ！」

「ジェロ、その調子よ。この調子で行けば、『持続可能な社会の実現』における軍配は、あなたに上がるわ」

「実際に、何をするの？」

「不条理の笑いを広めるために、劇場に人をたくさん呼ぶのよ」

「でも、今、コロナウイルスパンデミックで、どの人も怖がって、劇場に人が集まらないよ……」

「そうなんだけど、ちょっと聞いてよ。わたしにいい考えがあるの」

「なに？」

「集中的に、お年寄りと、年少の子供たちの交流の場として、劇場を開放するの」

「それはなぜ？」

「ウイルス感染が怖いから、と言って、人と人との交流の場を極端に減らせば、却ってウイルスを増強させる結果になるだけなの。ここは、試験的に、ウイルスに感染しても重篤化しづらい子供と、ウイルスに感染すると重篤化しやすいお年寄りを、一堂に会させる、ってわけよ」

「ほう、面白い。続けてくれ」

「月に一度だけなら、それほど大事にはなりにくいから。そのときの劇の上演演目としては、人と人が無暗に群れ合うことのペーソスを秘めさせた不条理（最高にばかげたもの）がテーマで決まり、ってわけさ！」

「わかった！　瑠璃子、俺その話乗った！」

「うん」

「演習を続けて」

「命題4。………」

四男との電話を切った後で、瑠璃子はこう考えた。

コロナウイルス肺炎と、それにより齎されたパンデミックは、長らくウェブ交際を続けてきた二人の関係をも、劇的に変えてしまったのだ、と。

四男は、瑠璃子の男関係に纏わる素行に対して、より疑い深くなったし、瑠璃子は、四男の性格の荒さについて、より目が瞑れないようになってきたのだったから。

不意に、瑠璃子だけの地中海が、彼女の脳裏に浮かんだ。

瑠璃子が、その手を入れてみたいのは、今の漁獲量を統制された地中海ではなく、商業が始まった当初の、明日の命をも知れない漁師たちを乗せた船を進水させる地中海だ。

それらの漁師たちと、広く深く交際したいと思った。

それが「跳ぶ」ことなら、彼らと寝ることをも含めて。

コロナウイルスパンデミックにより、人々の距離感は、どのように変わってきたというのだろうか？

感染する、させてしまう、という恐怖が、人々の交流を妨げがちである、と聞くが、瑠璃子のように、元々人付き合いの悪い人間は、たいして生活に変化もないのだが。

それより、瑠璃子が気になるのは、コロナウイルスパンデミックにより、実現が阻まれた事業の保証金をも、政府が負担するのかもしれない、という噂である。

なぜ、そんなことをするのだろう？

それらはすべて、不測の事態に適応できなかった個々人（個々会社）の責任ではないのか？

時を遡って、商業が始まったばかりの地中海を行った漁師たちは、果たして現代の無知蒙昧な輩が想像するように、能天気に、不漁にも、手を拱いていたのだろうか？

瑠璃子は、はっきりこう思うのだが。

「それは違う」と。

彼らには彼らなりに、漁獲量の多寡を鑑みて、眠られない夜が、きっとあった筈なのだ。

それなのに、現代の労働者にはある、非常時の補償を、当然のようには受けられることもなく。

予測可能な経済が社会に及ぼす害悪とは、実に枚挙に暇がない。

その一つは、統制された経済の結果、市場に出回らされた余剰な商品が、ただでさえ少ないパイを巡って、それを射止めんと狙っている消費者の購買意欲を、根こそぎ奪っていく、という事実なのだが。

要するに、自由な経済の下では、当然生き残れるはずだった商品が、そこで淘汰されてしまうのである。

もう一つは、特別に手を掛けられて市場に送られた商品が、消費者の心にバイアスを掛けさせられ、実際にはそれほど魅力的ではないにも関わらず、消費者をして、それらの商品を、他のそれに比して、優先的に買わせてしまう、という事実だ。

そのことは、元々の自由な経済の下では当然生き残れたはずの幻の商人と、その受け手ともいうべき幻の購買者たちを中心に、人々の心にアノミー（疎外）を、生じさせていくのだが。

アノミーは、恐ろしい社会的疎外である。

それは、現代人を恐怖と混沌に陥れて行くコロナウイルスパンデミックの元凶であるのだから。

あまり一般的に膾炙してはいないが、アノミーはそれ自体が、理由もなく、手掛かりさえなくても、個々人が疎外され、人間関係が疎遠にされることを望むのだ。

極論すれば、コロナウイルスが存在しようとしまいと、パンデミックは存在した、ということなのだが。

瑠璃子は常々、コロナウイルスパンデミックと、それに先んじて存在したと言われるコロナウイルス肺炎は、複数の無辜の市民の心が引き起こしているのではないか、と考えてきていた。

その（それらの）人物は経済的に強い焦燥を抱いており、同時に男性なら、女性恐怖の心理も抱えているはずである、と。

なぜそう言うのか、と言うと、市場に余剰な商品を送り出す「手」は、女性の体《たい》に内蔵された浮袋と、密接な関係を持つ存在であるからだ。

極論すれば、女性の体《たい》の内にある浮袋を膨らます「手」こそが、市場に、自由経済をも乱す、余剰な商品を生み出させているのだから。

経済学者・瑠璃子の説は、非常に斬新かつ画期的な説である、と言えた。

それは、一般に流布されているように、コロナウイルス肺炎が先に存在して、後にコロナウイルスパンデミックによる、人々が自由に集えない社会が生じたのではなく、人々が自由に集うことを潔しとしない、無辜の市民の心情が先にあって、後にコロナウイルス肺炎が「幻に」生み出された、という内容だからであった。

コロナウイルス肺炎が本当に「幻に」生み出されたのかどうかについてはここでは議論しない。

しかし、この瑠璃子の斬新な説を裏付けるには、二人以上の人間の存在が必須となるのだが。

それは、経済的損失を恐れる男性と、女としての消費期限が、いつ切れてしまうのか、と、びくびくしている女性である。両者は無辜の市民であり、同時にコロナウイルスパンデミックの元凶であると考えられている。

前者の男性は、同時に激しく女性の不貞を嗅ぎ回る性質を持っているのだ。

それはなぜかと言えば、その男性は、自分の経済活動と、その狭い範囲での家計の収支が脅かされるような、市場において余計な手が回ることを絶えず恐れているからであるのだが。

同時に彼は、ひどい女性恐怖と、処女崇拝を肯定する心理傾向から、その「手」

が、女性の体《たい》の内にある浮袋を膨らます手と、同一のものである、という認識を有している、ということにもなる。

さらに言えば、この場合、彼が守る縁にしている経済は、ガールハントの礎になるような軽薄な経済ではなく、生きる基盤とならざるを得ない、切実で真摯な経済である。

もう一人のコロナウイルスパンデミックの元凶である、女としての賞味期限が切れてしまうことを強迫的に恐れる女性であるが、彼女は、その不可避の運命として、自分の内に多量の浮袋を貯めこもうとする傾向があるのに違いないのであるが。

彼女は、心情的には、自分の女性としての魅力に焦燥感を抱いているが、むしろ表層では、女性として、さらには人間的に自分を磨こうと、躍起になっているように見えるのかもしれない。

そしてもう一つ特記すべき彼女の特徴は、男性に対して淫蕩な面を持っているかもしれない、ということだ。

それは、体内《たい》に秘めた浮袋の数の多さにも関係するが、それは言うまでもなく、彼女が、自分の女性としての魅力と賞味期限が、いつ切れてしまうのか、と常に、宿命的に怯えていなければならないからだ。

複数名存在しても何らおかしくないこの女性と、男性こそが、アノミーの要と、人々の口に自らの噂が上ることを恐れる要から、世界中の人々にソーシャル・ディスタンスを取らせている張本人なのだが。

彼らは、いわば資本主義経済の犠牲者なのである。

予測可能な経済が、市場にさまざまな見えざる手を配置させたことが、むしろ彼らを強く結びつけたことは、想像に難くないから。

彼らは、文字通り運命共同体なのである。

なぜなら、彼が、その行動に関心を持つのは、市場経済に影響を与え得るような、その体《たい》の内に多くの浮袋を有している女性のみであり、彼女は、自分の女性としての賞味期限を延ばしてくれる男性―いわば、自分の体内《たい》の浮袋の数に一喜一憂してくれるような男性にしか、異性としての魅力を感じないのであろうから。

瑠璃子は不意に、四男に自分の写真を送りたくなって、そうした。

「SO　BEAUTIFUL！」

彼女を焦燥させることなく、そう返信がきた。

コロナ離婚という言葉が流行っているという。

瑠璃子はこの言葉は嫌いだったが、同時に無視できない含蓄を含んだ言葉である、とも思うのだが。

なぜなら、経済的損失を恐れる男性と、自分の女性としての賞味期限が、いつ切れてしまうのか、とびくびくしている女性というのは、共にその内にパラノイア的不安を抱いているからである。

前者は、自分の妻なり彼女の性的不貞が発覚して、自分の経済的基盤が壊されてしまうことを強迫観念を以て恐れているし、後者は、自分の夫なり、彼氏のこころが、他の女に乗っ取られてしまい、自分の女性としての価値が地に堕ちてしまうことを、これまた深刻な強迫観念を以て恐れているのだから。

瑠璃子は軽い気持ちで四男にこう尋ねた。

「DO　YOU　LOVE　ME?」と。

「YES」

返事がきた。

後書き

「地中海に跳ぶ」を悦んで、または失望して（！）お読みいただいた皆さん、ほんとうにありがとうございました。

さて、翻って、わたしがこの小説を公に出版しようと決意したきっかけを詳らかにいたしたいと思います。

毎日、午後三時頃になるとすべてのテレビ番組中に異様な警告音と共にテロップで挿入されるコロナ肺炎患者〇名の文字—

その数字が、緊急事態宣言の施行を以てしてもなお、0（ゼロ）にまで減らないという事実に戦慄し、愕然としたわたしは、おこがましくも「コロナ肺炎を封じ込める目的で」この小説を、人口に膾炙させる活動を始めようと決意しました。

それは去年の夏前のことでした

それはそうと皆さん、コロナ肺炎の勃興とも深い関係のある、とある衝撃的な事実を、ここでお知らせしたいと思います。—「気鋭であり、かつ本質的には善意の他者に、一時間、本気で恨まれてしまったら、その悲劇的な、あるいは無辜な個人は、実にその胃に穴が開くほどの医学的な損傷を被ります」と。それは、人間の真心が、迷走しやすい種類のものであるからに外なりません。

さらに皆さん、衷心からアドバイスを差し上げます。―真に恐ろしいのは、コロナ肺炎よりも、忌むべき自粛により、ソーシャルディスタンスを介して繋がっている、その他者から浴びせられる、時に理由の曖昧な悪意です。

「自粛警察」だけが罪深いのではありません。わたしは安易な宗教否定派ですが、そのわたしが幾多の批判を覚悟の上でこう言います。「人間は、その存在と、魂において、他の生物と比較にならない深度でおいて、五里霧中に生きていて、かつ無知蒙昧です」と。

それは人間が精神的に病んでいるから―そのとおり！

その「狂気」と「人間の真実」から毫も目を逸らさず、己の魂を磨くための、有効であり、かつ優秀な「アウフヘーベン」を実行した人間だけが、いわばこの対人関係と心の在り方そのものが、森羅万象を統べるほどに重要な存在であることを証明する病として生まれた、ウイルス性伝染病を克服し、他者との関係にむしろ、有効な「ソーシャルディスタンス」を築き上げ、再生できるのです。

悪いことは言いません。今一度「こころ」を正し、まわりの人間との関係を「有効に」築き直してごらんなさい。

マスクは、ウイルス怖さからというよりも、他者の怖い思いを少しでも減らしたい、という善意から着けるべきということになります。

頻回の消毒も、換気も、化学的エビデンスがどうであれ、そうしないと不安にたちまち溺れてしまう、他者を助けるための行為と見做しつつ、敢行されるべきであります。

馬鹿野郎、ウイルスは、本当に遍在していて―そう指摘されても、もちろんいいんです。なぜって？　物理的にウイルスがあれば、人間関係の再構築は、より有効かつ迅速に行われ得ますから。

そうして、「善行」を積み重ねれば、きっと、あなたは、コロナウイルス肺炎によって引き起こされた、幾多の苦難から、立ち直れますよ。

二〇二一年六月二十一日

Ｍｅｓｓｉｏｒ

著者プロフィール

Messior（メサイアール）

神奈川県在住。

地中海に跳ぶ

2021年9月15日　初版第1刷発行

著　者　Messior
発行者　瓜谷 綱延
発行所　株式会社文芸社
〒160-0022　東京都新宿区新宿1－10－1
電話　03-5369-3060（代表）
03-5369-2299（販売）

印　刷　株式会社文芸社
製本所　株式会社MOTOMURA

ISBN978-4-286-22752-8